AUNQUE DIGA FRESAS

ANDREA FERRARI

sm

LITERATURA**SM**•COM

Primera edición: mayo de 2008
Novena edición: julio de 2017

Gerencia editorial: Gabriel Brandariz
Coordinación gráfica: Lara Peces

Impresores, 2
Parque Empresarial Prado del Espino
28660 Boadilla del Monte (Madrid)
www.grupo-sm.com

ATENCIÓN AL CLIENTE
Tel.: 902 121 323 / 912 080 403
e-mail: clientes@grupo-sm.com

ISBN: 978-84-675-2434-5
Depósito legal: M-44926-2009
Impreso en la UE / *Printed in EU*

1

La historia empieza con una apuesta. A veces pienso que si no hubiera sido por esa apuesta yo aún odiaría esta ciudad tanto como al principio. Fue el día en que ellos se dieron la mano y cerraron el trato cuando las cosas empezaron a volverse para mí. Pero eso no lo supe hasta mucho después.

El objetivo de la apuesta entre Sergio y Claudio era cambiar de vida. Tomar prestada la vida del otro por un tiempo, hasta que uno de los dos no soportara más. Creo que ellos entonces no tenían claro en qué se metían, pero se dejaron tentar por el desafío y después ya no quisieron retroceder.

Si fui testigo de ese momento fue simplemente porque yo había leído completo el libro que los inspiró. Ellos no.

–¿No sigues?

–Estoy pensando.

–Pero no has escrito ni diez líneas.

–Creo que no sirven: tal vez tenga que empezar de nuevo. Es que yo no tendría que estar escribiendo. Deberías hacerlo vos o Claudio. Al fin y al cabo, ustedes fueron los protagonistas de la apuesta.

–Ya lo hemos discutido y sabes que los dos escribimos mal. En cambio tú eres perfecta para esto. Increíblemente detallista. Nadie más es capaz de darle tantas vueltas a las mismas cosas durante horas.

–Vas a decir que hablo mucho.

–No. Es decir sí, hablas mucho, pero no iba a decirlo.

Como esta historia se contará a través de mis ojos, tengo que empezar explicando algunas cosas sobre mí. Tal vez lo primero sería presentarme. Me llamo Ayelén, pero no me gusta mi nombre. Si hubiera podido elegir, me habría llamado Ana. La gente con un nombre así de simple debe de tener una vida más fácil, de eso estoy segura. Yo odio que mis padres hayan querido ser tan tremendamente originales. Sé que otros miembros de la familia habían sugerido Mercedes o Carmen, pero en esa época ellos estaban fascinados con todo ese asunto de la cultura mapuche. Y es fatal llamarse Ayelén cuando una quiere pasar inadvertida.

Puede parecer que estoy tomando un camino demasiado largo, pero es simplemente un pequeño rodeo para llegar al nudo del asunto. Al día de la apuesta.

–No sé si sirve esta historia.

–¿Por qué dices eso? Tiene todo lo que han pedido: es real y sucede en Madrid. Yo creo que podemos ganar. Vamos, deja de dudar y escribe.

Sucedió durante mis primeros días en la ciudad, cuando me parecía tener el mundo entero en contra.

Me hubiera gustado ser invisible para que nadie notase mi existencia, pero sucedía todo lo contrario. Como si no tuviera suficiente con llamarme Ayelén, soy pelirroja, más alta de lo normal y torpe. Horriblemente torpe.

Lo exhibí el primer día en el instituto. No había dado dos pasos en la que iba a ser mi clase cuando tropecé con una mochila que alguien había dejado en el medio del pasillo y me fui al suelo. Por un momento pensé que nadie me había prestado atención, que iba a poder levantarme como si todo estuviese bien, como si no acabara de protagonizar la entrada más humillante del mundo, pero entonces él se acercó.

No estaba mal. Demasiado flaco, quizás. Me pareció que se había tomado mucho trabajo para lucir descuidado: llevaba unos *jeans* caros pero rotos, con una camisa que le colgaba parte adentro y parte afuera del pantalón. Había un aire de burla en su cara cuando me miró. Suficientemente visible para que yo lo percibiera, pero no tan visible como para que pudiera preguntarle de qué diablos se reía.

–¿Te has hecho daño?

–No.

Muchas veces me pregunté después por qué se me acercó ese día. Supongo que también él se sentía horrible: había cambiado de colegio tras la separación de sus padres, y estaba entrando a un lugar donde casi todos se conocían. Habría querido buscar a una persona que tuviera un aspecto lamentable, aún más solo y perdido que él. Y aparecí yo.

Me levanté, concentrada en sacudirme el pantalón para no mirarlo.

–¿Y cómo te llamas?

–Ayelén Allende.

Lo dije rápido, en voz baja, y probablemente fue

confuso. También en mi país me hacían bromas idiotas por el sonido de mi nombre, pero es peor en Madrid, porque pronuncian distinto. Acá cada vez que lo digo es como si pasara un tren: solo oyen el ruido.

Él no entendió. Volví a intentarlo, separando más las palabras, pero frunció el ceño y me miró como si hubiese algo definitivamente malo conmigo, algo sin solución posible. Entonces hizo la pregunta que me irritó.

–¿Y en castellano?

Como si el único castellano fuese el que se habla aquí, y el mío apenas una versión de segunda categoría. Eso pensé que sugería y lo odié. Ahora que ya pasó el tiempo, mi enojo me suena un poco absurdo, sobre todo cuando él cuenta que mis ojos echaron fuego y parecía estar a punto de morderlo. Exagera, supongo. Yo solo me recuerdo repitiendo fríamente que mi nombre era Ayelén y que estaba hablando en castellano.

Él volvió a mostrar esa sonrisa burlona.

–Disculpa, no te había entendido. ¿Y de dónde vienes?

–De Argentina –susurré.

–¿En Argentina todos hablan en voz tan baja?

–No. Tampoco tratamos tan mal a los que recién llegan.

Me di media vuelta y caminé hacia el otro extremo de la sala. Escuché su grito a mi espalda:

–Oye, ¿en Argentina todos se cabrean tan rápido?

Así lo conocí a Sergio. Creo que no fue un buen comienzo.

–Me he ido solo diez minutos y has aprovechado para escribir sobre mí. ¿No tengo derecho a intervenir?

–Es mi versión.

–Además no fue así. No exactamente así, al menos.

–¿Preferís escribir vos?

–No.

–Sigo, entonces.

–Algo más: ¿me odiabas en esa época?

–¿Odiarte?, no. Bueno, sí, aunque solo al principio.

Ahora me puedo reír al recordarlo. Pero ya se sabe cómo es un primer día: todo tiembla. Para mí temblaba el mundo porque había tenido que viajar a Madrid contra mi voluntad y anotarme en ese colegio secundario en el que debía pasar al menos un año. Y ese plazo podía considerarse un éxito, ya que se lo había arrancado a mis padres después de enfermarme de indignación.

Todo empezó en Buenos Aires cuando me anunciaron que nos íbamos a Madrid, donde ellos tendrían mejores oportunidades de trabajo. En esa época solían hablar mucho del futuro. Había que buscar un lugar que nos diera un futuro mejor, decía mi madre cuando pretendía que yo aceptase su modo de pensar. Pero para mí el futuro estaba demasiado lejos. A mí me importaba el presente, y ellos acababan de darle a mi presente un golpe que lo había dejado agonizando.

–Estabas muy enfadada.

–Furiosa.

–¿Adónde te imaginabas que venías?

–No me imaginaba gran cosa. En realidad yo no sabía nada de España. Lo que te enseñan en la escuela: el Quijote, Colón, la Conquista, los reyes. Qué se yo.

–Entonces, ¿por qué tanto enojo?

–Es que ellos ni siquiera quisieron saber mi opinión. Me lo anunciaron y listo. Como si yo fuera una planta que se lleva y se trae.

Tal vez para darme ánimos dijeron que nada era definitivo. Querían que nos instaláramos un tiempo en Madrid, dos o tres años, y luego decidirían si nos quedábamos o volvíamos, en caso de que las cosas en Argentina fueran un poco mejor. Pero había algo más: Bruno, mi hermano, que tiene 20 años y está en la Universidad, no viajaría con nosotros. Iba a vivir, al menos por un tiempo, en la casa de mis abuelos. Me pareció que la oportunidad estaba servida: «Yo también me quedo», les dije.

Mi padre levantó las cejas y abrió los ojos como huevos, en uno de los gestos típicos con los que sobreactúa la sorpresa. «¿A los 15? De ninguna manera». Mamá lo apoyó con tres mil argumentos que ni siquiera recuerdo pero que iban, todos ellos, en la misma dirección: no tenía edad suficiente. En esos días discutí, lloré, tiré patadas al aire, me subió la fiebre y hasta tuve un ataque de acné. Tras semejante despliegue de recursos, solo obtuve una promesa: si al cabo de un año no había logrado adaptarme, podía volver a Buenos Aires y quedarme con Bruno y mis abuelos. Y eso es lo que estaba decidida a hacer.

Así eran las cosas. Yo no veía a Madrid más que como un paso obligado en mi vida, como una medicina inmunda que uno toma tapándose la nariz. No me interesaba tener amigos, aprender a pronunciar la zeta ni gustarle a nadie. Solo me importaba que el tiempo transcurriera rápido. Hasta hubiera sido capaz de hacer un pacto con el diablo para lograr que las agujas girasen a mayor velocidad si algún diablo se me hubiera acercado entonces.

Lo cierto es que me salía bien eso de sentirme fatal: tan sola y tan lejos de mi casa. Tanto me había metido en el papel, que tardé unos días en enterarme de que no era la única extranjera en la clase. Éramos tres y supongo que estábamos destinados a acercarnos, por eso de que la adversidad te une. Si algo teníamos en común era la sensación de estar afuera de la mayoría de las cosas que pasaban. Los otros dos, sin embargo, llevaban ya uno o dos años en España y al menos yo suponía que tenían que estar en mejor situación. Supe que uno era de Colombia y el otro de Ecuador, pero pasó un tiempo antes de que nos dirigiéramos la palabra. Hubo días enteros en que estuve horas en el instituto sin abrir la boca a menos que algún profesor me hiciera una pregunta, y eso no era frecuente.

Fue Claudio, el colombiano, el primero que me habló. Se sentaba justo atrás de mí y ese día tenía problemas con la tarea de inglés. Antes aún de que nos presentáramos me pidió ayuda con un ejercicio: unas preposiciones, creo, o tal vez unos verbos.

–Tú que sabes inglés...

Así empezó la frase y a mí me extrañó su modo de hablar. Le pregunté si en Colombia todos usaban el tú y se encogió de hombros, como si el asunto no tuviera el más mínimo interés: dependía de las zonas, dijo, y en la suya se hablaba solamente de usted.

–¿De usted? ¿Aunque sean tus amigos o tu novia?

Asintió despreocupado y volvió al asunto del inglés, que le urgía. A mí no. Lo que a mí me había dejado asombrada –o más, escandalizada– era que hubiera sido capaz de cambiar tan fácilmente.

–Me voy acostumbrando –respondió impaciente–, y no me mires así, que no es un crimen.

Supongo que tenía razón. Pero en ese momento a mí me parecía la peor de las traiciones. Despreciaba a la gente que acababa de aterrizar y ya imitaba la forma de hablar de los españoles, como si murieran por ser aceptados. Yo no pensaba abandonar nada de lo mío: jamás iba a decir *vosotros* ni *vale* ni *guay*, ni ninguna cosa que no se dijera en mi país. Iba a seguir siendo yo, estuviera donde estuviera. Se lo expliqué a Claudio, que sonrió con una mueca cínica.

–¿Y qué ganas con eso? Yo llevo dos años acá y probablemente me quede para siempre, de modo que cuanto antes me adapte, mejor. Al menos ahora me entienden cuando hablo.

–¿Te sentís bien acá?

Volvió a encogerse de hombros. Sé que él piensa que yo le doy demasiadas vueltas a las cosas, pero en ese momento todavía no me lo decía. Aún nos conocíamos poco como para que ignorara mis interrogatorios, como suele hacer ahora. Contestó con desgano que sí, que estaba bien, que le gustaba Madrid. Y con eso intentó dejar cerrada la conversación.

Me llevó un tiempo entender la filosofía de Claudio, esa forma de pasar de todo, como si las cosas resbalasen sobre su piel sin dejar huellas. Después fui dándome cuenta de que aquello no era más que instinto de supervivencia: su vida era una suerte de montaña rusa y se sabe que arriba de la montaña rusa uno se queda sentado y se agarra, de lo contrario corre el riesgo de estrellarse contra el suelo. Claudio pasaba buena parte de su tiempo intentando evitar estrellarse.

Claro que todo eso lo supe mucho después. En aquellos primeros días, creo ahora, yo estaba un poco dormida. Pero no dormida por falta de sueño: era como si mis sentidos estuviesen apagados. Estaba tan preocupada por mí misma que no terminaba de darme cuenta de lo que pasaba a mi alrededor, y eso que pasaban muchísimas cosas. Un día, al fin, empecé a despertarme. A veces pienso que recién entonces llegué a España.

–Creo que es suficiente por hoy.

–Te cansas pronto. ¿Cuándo sigues?

–No sé, mañana quizás. Igual no vas a poder estar siempre acá.

–¿No quieres que te ayude?

–Sí, pero vas a tener que venir muchas veces.

–No hay problema. ¿Cuánto tardarás?

–Quince días, un mes. Tal vez más.

–¿Tanto?

2

Volvamos a la apuesta. Para esa época, me había empezado a asfixiar la soledad. Mi objetivo se había cumplido: no tenía una verdadera relación con nadie. La mayoría ni siquiera me dirigía la palabra. Pero entonces me di cuenta de que por ese camino iba perdiendo hasta las ganas de levantarme a la mañana. Ser invisible no es tan bueno como se podría creer. Quiero decir, está muy bien que nadie te moleste, pero hay un límite para lo que uno puede conversar consigo mismo. Salvo que estés rematadamente loco, y no es mi caso.

–Bueno, eso habría que verlo... Hay días en que pareces...

–¿Qué?

–Nada. Veo que hoy no estás de humor.

Fue por eso que terminé por acercarme a Claudio. Esa tarde él hablaba con Mariana, una flaca de anteojos, cuando soltó un bostezo descomunal. Había estado despierto hasta tarde, murmuró, hasta pasada la madrugada. Conversando y viendo la televisión con su padre.

–¿Qué, él no se levanta temprano? –preguntó Mariana.

–No, es que no duerme.

Le dije que eso no tenía sentido, que no existen personas que no duerman, porque se morirían. Es como comer o tomar agua. Pero Claudio insistió muy serio con que su padre era distinto y que no dormía como el resto de los mortales. A veces lo intentaba y hasta se acostaba en la cama, pero al rato tenía que levantarse.

–¿Me vas a decir que no duerme nunca?

–Sí, pero cuando no se da cuenta.

Así era. José solía dormirse en el autobús, viendo televisión o incluso durante la comida. Una vez casi le parten la cabeza en el metro, porque se quedó dormido de pie. Mientras había mucha gente, la presión lo sostenía, pero cuando empezaron a bajar perdió el apoyo y cayó como una bolsa contra una anciana, que pensó que un delincuente la quería atacar y lo golpeó hasta cansarse con un bastón. Llegó a la casa todo magullado.

Al principio pensé que todo eso era una broma, pero no. Claudio suele contar las cosas más increíbles de esa manera, como si le sucedieran a otro.

–¿Y por qué le pasa eso?

–Está siempre muy preocupado. Muy nervioso. Sobre todo por la cuestión de los papeles.

El resto de la historia la fui conociendo de a poco, aunque aquí la voy a contar toda de una vez. La madre de Claudio murió hace años en Colombia, atropellada por un coche policial que volaba por una avenida tras una moto que se les terminó escapando. Poco después se vinieron a Madrid, donde a José le habían ofrecido empleo en el restaurante de unos amigos colombianos. Empleo y la posibilidad de conseguir los papeles. Si todo hubiera salido bien, suele decir Claudio, tal vez la vida se les hubiese enderezado. Hasta hubo un momento en que eso pareció posible porque llegaron, José empezó a trabajar y sus amigos lo ayudaron a conseguir el apartamento que alquilaban. Pero poco después todo se fue al diablo. El restaurante quebró y José nunca obtuvo el contrato ni los papeles de residencia. Desde entonces deambulaba de trabajo en trabajo, ganando poco y cada vez más irritable. Tenía miedo de que lo detuvieran por trabajar en forma ilegal y que su hijo quedara solo. Algunos días decidía volverse a Colombia y empezaba a armar el equipaje. Pero solía suceder que luego alguien desde allá le contaba lo mal que andaban las cosas, lo difícil que era encontrar un trabajo, y cambiaba de idea. Entonces desarmaba el equipaje. Así pasaba los días. Y no dormía.

Esa fue la tarde de la apuesta. Todo empezó porque teníamos evaluación del último libro que nos había mandado leer la profesora de Lengua: *El príncipe y el mendigo*, de Mark Twain. Se trata de dos adolescentes que son casi iguales físicamente, solo que uno es el heredero de la corona y el otro un pordiosero. Ya se sabe: quedan en lugares cambiados. Pero Claudio no lo había terminado a tiempo y me pidió que en un recreo le contara el final a toda velocidad. En la mitad del relato se sumó Sergio, que venía intentando leer por encima las últimas páginas antes del examen. Hice un resumen ayudada por Mariana, que agregaba aquí y allá algún detalle. Fue entonces cuando la historia derivó en una discusión sobre si es posible que dos personas que tienen vidas tan absolutamente opuestas cambien de lugar. Claudio decía que un príncipe es incapaz de desenvolverse en el mundo real y Sergio estaba en desacuerdo: para él era el mendigo el que no podía fingir ser el hijo de un rey. Una cosa fue llevando a la otra y Claudio terminó tomándole el pelo con que Sergio era como un príncipe, inútil para resolver necesidades cotidianas. Esto lo dijo porque la familia de Sergio tiene mucho dinero y una casa bastante impresionante. No es que sea millonario, pero hay una especie de abismo entre él y los demás.

Solo que Sergio odia que lo fastidien con eso y le dio por decir que su vida no es puras rosas, que tiene que soportar a la madre, que desde la separación está imposible, y encima a la abuela, que quiere controlar la ropa que usa y la comida que come. Pero como si no alcanzara con ellas, también al profesor de piano, que una vez por semana intenta convertirlo en músico cuando él no es capaz de diferenciar entre una ópera y los gritos de su hermana. Claudio se rió. «Que te quejas por quejarte», dijo, «que no sabes lo que es tener problemas, si estuvieras en mi lugar pensarías distinto». Eso no hizo más que aumentar la irritación de Sergio. Empezó con que más querría él que tener la libertad de andar a su antojo, sin que nadie lo importunara. Así seguían las cosas y no sé quién dijo primero la frase.

–Apuesto a que no aguantarías mi vida dos días.

Y el otro contestó que claro que sí, y antes de que nos diéramos cuenta se habían dado la mano y el trato estaba cerrado. Yo todavía creía que la cosa no pasaba de una broma, de las ganas de mostrarse audaces y desafiantes ante nosotras.

–Vamos –dijo Mariana–, no seáis niños. Todo esto no tiene sentido: aquí no hay ni príncipes ni mendigos.

Pero la ignoraron y en unos minutos fijaron las reglas para el acuerdo: el cambio duraría hasta que uno de los dos dijera basta. En ese tiempo tenían que llevar la vida del otro. Cumplir con sus actividades, vivir en su casa, comer su comida y usar su ropa. Si uno quería cancelarlo, se consideraba al otro ganador de la apuesta. En verdad la recompensa no era demasiado importante: el que perdiera debía hacerle al otro la tarea de dos o tres materias durante un mes. Pero no era eso lo que los impulsaba. Creo que lo que querían era cambiar, escapar un tiempo de sus vidas. Mostrar que podían.

Estaban tan enganchados que ni siquiera se habían dado cuenta de que no habían resuelto un punto básico del asunto: cómo explicarlo a sus familias. Sergio dio con una respuesta en seguida: dirían que era una iniciativa del instituto, para fomentar la integración de los alumnos inmigrantes. Se lo iban a tragar, sonrió, porque todo el mundo hablaba de ese tema.

–A ti no te van a dejar –dijo provocador Claudio.

Creo que subestimaba la imaginación de Sergio, pero es que entonces todavía no se conocían tan bien.

–Ya veremos –le contestó.

Detrás de los lentes, los ojos de Mariana se veían pequeños e incrédulos. Les dijo que estaban hablando tonterías, que ninguno ganaba nada con el cambio.

–¿Nada?

Sergio la miró burlón y empezó a enumerar: nada más y nada menos que la libertad, sin que le controlaran las salidas y las entradas, sin que la abuela le echara discursos por las notas bajas y por no comer lo suficiente, sin el mal humor de su madre, sin el profesor de piano...

–¿Y tú? –Mariana lo miraba a Claudio–. ¿Una temporada de prisión?

–Querrás decir de lujo. Ya fui una vez a lo de Sergio y tengo un retrato preciso de los placeres que me esperan: tele y ordenador en el dormitorio, buena ropa, la mejor comida... No voy a tener que ir al mercado, ni lavar los platos. Seguro que ni siquiera tengo que tender mi cama.

Yo les dije que vivir una vida ajena podía ser horrible. Que de lejos tal vez se veía mucho mejor que de cerca.

–Ustedes ni siquiera terminaron el libro, pero les cuento que ni el príncipe ni el mendigo la pasan tan bien.

–Eso pasa en las novelas, no en la vida real –me contestó Claudio–. Te aseguro que a mí una temporada de príncipe no me vendrá nada mal. Voy a ser muy feliz todo el tiempo que dure, hasta que Sergio me ruegue que cambiemos porque no puede vivir sin su palacio.

Sergio se rió.

–Serás tú el que ruegue que le devuelvan la libertad.

Después se enfrascaron en una discusión sobre el botellón, que según entendí es una reunión que suelen hacer los viernes o sábados, donde casi todos beben, y a la que la mayoría de los padres intenta evitar que sus hijos vayan, precisamente por el asunto de la bebida. Sergio era uno de los que lo tenían prohibido, pero ahora se iba a dar el gusto de ir cuantas veces se le antojara. De ahí saltaron a hablar sobre unos grupos de música que yo nunca había oído mencionar.

Sentí que de a poco me iba quedando fuera de la conversación, como si hubiera surgido un vidrio entre ellos y yo, que volvía todo lejano. Durante mis primeros tiempos aquí era así: el vidrio casi nunca se quebraba. Me parecía que ellos eran parte de un mundo que no tenía nada que ver conmigo.

–Tú eras la que levantaba el «vidrio».

–Pero también ustedes me excluían, hablaban de cosas que yo no entendía. O me miraban raro cuando decía algo.

–Es que a veces eres rara. Sorprendente.

–¿Ves?

Y luego estaban mis habituales tropiezos con las palabras. Porque ahora me acostumbré, pero al principio cada dos por tres decía algo y se me quedaban mirando de esa manera extraña. Como si no quisieran entender o buscaran hacerme sentir mal. Aquella tarde pregunté si alguien había visto mi buzo y empezaron a reír.

–Pero es que fue gracioso, no digas que no. ¿Buzo?

–Cómo podía saber yo que aquí dicen sudadera. Además, es una palabra ridícula: una prenda con ese nombre tiene que oler a transpiración. Yo nunca la voy a usar.

–Si es por ridículo, vosotros... ¿cómo llamáis a la falda? ¿Pollera? Como si fuera cosa de pollos... Pero está todavía mejor eso que dices de «tomar agua de la canilla»... Si la canilla es un hueso... ¿por dónde saldría el agua, por el pie? Tenéis cada idea...

–Ya estuvo.

3

El día en que finalmente la apuesta se hizo real, yo venía de una horrible pelea con mi madre. Llevábamos un tiempo discutiendo a cada rato por tonterías, pero aquella vez fue peor. Supongo que yo había llegado de mal humor, en uno de esos días en que odiaba ser yo y estar acá. Por eso me irritó tanto descubrir que mi suéter favorito estaba totalmente arruinado. Ella lo había metido en el lavarropas con las toallas sin darse cuenta y se había deformado de un modo grotesco, con los brazos larguísimos, como para encajar en el cuerpo de un orangután. Por algún motivo, ese día el suéter me pareció terriblemente importante. O tal vez era solo que necesitaba pelear.

–¿Por qué necesitabas pelear?

–A veces me viene bien gritar un poco. Como si se soltara algo que quedó atascado adentro. Aunque creo que esa vez se me fue la mano. Ella reaccionó de una forma histérica.

–¿Qué dijo?

–Que yo nunca colaboraba en la casa, que como acá no tenemos ayuda doméstica hacía sola todo el trabajo y encima yo venía a armar un escándalo por un suéter deformado. Siguió gritando cuando yo ya me había encerrado en mi habitación.

La pelea la habíamos tenido la noche anterior, pero a la mañana aún nos duraban las malas caras y no nos dirigimos la palabra. Para peor, al levantarme descubrí que me había salido un grano espantoso en la cara, uno de esos granos que se ven a un kilómetro de distancia. Tomé sin ganas un café con leche y me fui, cerrando tras de mí la puerta tal vez algo más fuerte de lo necesario. Mamá volvió a abrir y gritó algo que no llegue a oír porque no me di vuelta. No quería que viera que estaba llorando. Sé que parezco una imbécil, llorar por un suéter y un grano. Pero supongo que no era eso, era mucho más. En ese momento deseé más que nunca estar en Buenos Aires, sin que nadie se riera de que digo suéter en lugar de jersey ni de la forma en que pronuncio la doble ele.

–Si es que no nos reímos de ti, ya te lo he dicho. Pero pronuncias de una manera tan graciosa que...

–Me hacés perder el hilo de lo que cuento. Además, no me gusta ser graciosa.

Sé que tal vez no resulta muy interesante todo este asunto del suéter, pero tiene relación con lo que sigue. Porque cuando me iba acercando al instituto solo me importaba disimular el grano y el hecho de que había estado llorando. Fue por eso que me solté el pelo. Tengo una mata de pelo *enrulado* que parece disponer de vida propia: cuando lo libero se expande como si fuera espuma y me tapa buena parte de la cara.

En ese momento me encontré con Sergio. Me costó reconocerlo porque venía vestido de una manera totalmente diferente. La ropa parecía irle un poco grande y además llevaba una gorra al revés, con la visera hacia atrás. Me sonrió y dijo que el pelo suelto me quedaba bien. Pero supongo que no era eso lo que le importaba, porque después agregó que le venía perfectamente para su situación. Entonces me enteré de que había empezado el cambio de vidas. Por eso se veía tan raro: traía puesta la ropa de Claudio e iba a sentarse en el lugar de él, es decir, exactamente atrás de mí. Y también por eso mis rulos iban a cumplir la función de cortina para taparlo de las miradas de los profesores. Yo dije a todo que sí, porque lo único que me importaba en ese momento era disimular mis ojos enrojecidos, y sobre todo, que no se fijara en el grano.

–¿Era muy feo?
–De los peores. Rojo brillante.
–Nunca lo noté.

Cuando entramos lo vimos a Claudio, que también estaba extraño y había ocupado el lugar de Sergio. A él la ropa le quedaba un poco estrecha y llevaba una campera de cuero.

–Eso no se entiende.
–¿Qué?
–Campera de cuero.

–Ya sé, debí escribir cazadora de piel. Después lo corrijo.

A mí, francamente, todo el asunto del cambio de papeles me parecía absurdo. Ganas de meterse en problemas. Le pregunté a Sergio cómo había logrado que su familia lo dejara. Él sonrió con ese aire de superioridad que tiene a veces y dijo que habían recibido una carta del instituto donde les explicaban lo importante que era el intercambio para nuestra formación.

Había inventado la carta, pero no solo eso. Para terminar de vencer las resistencias de su madre, la había hecho hablar por teléfono con el padre de Claudio, que aceptó decir todo lo que su hijo le dictó: que iba a estar muy feliz de acoger en su casa a Sergio, de hacerle probar la comida colombiana y de hablarle de su país. Creo que cuando lo dijo lo creía cierto, pero las cosas se le iban a complicar demasiado para poder cumplirlo.

Sobre él conversábamos cuando entró a la clase la profesora de Lengua, Marta Yáñez. Es de las peores que vi en mi vida: fría y dura como un cuchillo. Y con ese filo te clava unos ojos azul hielo de un modo tal que uno se siente capaz de confesar lo que no hizo.

Yo en seguida me di cuenta de que la idea del pelo no había sido buena. Porque mis rulos en expansión son más llamativos que cualquier cosa que uno pueda imaginarse. Apenas había empezado a hablar cuando fijó sus ojos en mí y no tardó en descubrir a Sergio agazapado atrás. Le preguntó en un tono helado cómo era posible que se hubiera cambiado de lugar sin pedir autorización. Y además ese ridículo gorro: ¿era acaso una burla? Lo dijo, se bajó levemente los anteojos y lo miró con tal intensidad que si él se hubiera prendido fuego nadie se habría asombrado.

Pero si algo se puede decir a favor de Sergio es que tiene una increíble capacidad de improvisación. Sin que le temblara la voz le explicó que, inspirados por *El príncipe y el mendigo*, Claudio y él habían decidido hacer un cambio de papeles para conocer mejor la cultura del otro.

La vimos dudar a Yáñez. Creo que no sabía si le estaban tomando el pelo o si al fin y al cabo esa era una buena idea. Al parecer se decidió por la última opción. Pero primero nos hizo sufrir unos minutos, mientras golpeaba sus dedos contra la mesa y dejaba su mirada altiva suspendida en el aire, como una reina que se debate entre perdonar o mandar al paredón.

–Bien –dijo finalmente–, quizás no esté mal. Creo que todos podríais trabajar el tema de esa manera. Cambiar de papeles.

–Es algo clásico en ella, ¿has visto? Utiliza cualquier cosa que digas para dar más trabajo. Así consigue que te sientas un perfecto imbécil y los demás te miren con odio.

–Quién sabe. Tal vez ese día se dio cuenta de que ustedes le estaban tomando el pelo y decidió vengarse de esa forma.

Ordenó en ese momento que nos reuniéramos por parejas.

–Pero no con cualquiera.

Eso dijo, con una expresión de malvada que le sale perfecta: lo iba a definir ella. El trabajo consistía en explicarle al otro la propia historia, hablarle de orígenes y costumbres familiares. Con detalles, muchos detalles. Después, escribir un texto. Solo que para escribirlo había que ponerse en la piel del otro. Como jugar a príncipe y mendigo, pero por escrito. Empezó a unir a gente que inevitablemente protestaba hasta que llegó a mí.

–Tú con él.

Me di vuelta y ahí estaba el ecuatoriano. Me estaba mirando fijamente, con una cara que me pareció de piedra. Sonreí, pero no movió un músculo. Pensé que odiaba tener que trabajar conmigo.

Así fue como Fernando entró en esta historia.

Estaba aún más enojado con el mundo que yo. Esa impresión me quedó después de conversar media hora con él. Aunque tal vez la palabra conversar no sea la que mejor describa lo que hicimos: yo preguntaba y Fernando soltaba algún monosílabo. El asunto me empezó a exasperar. Al cabo de un rato le dije que por ese camino no íbamos a hacer el trabajo, si casi no hablaba y no me había preguntado absolutamente nada de mi vida. Me miró unos segundos y dijo su frase más larga hasta el momento:

–Todo esto no me importa nada: yo me vuelvo a Ecuador en cuanto pueda.

Su convicción me pareció fascinante. Porque Fernando estaba absolutamente seguro de que se volvía, a cualquier precio. Como sus padres no estaban decididos a acompañarlo, por el momento se dedicaba a ahorrar dinero para comprarse un pasaje. El día que lo tuviera, me dijo, se largaba sin avisarle a nadie.

Una vez que llegara a Ecuador ya no podrían hacerlo volver. Y no le importaba que allá las cosas anduvieran mal, solo le importaba irse.

En Quito habían quedado sus abuelos y podría vivir con ellos. Era un año mayor que yo, porque entre idas y vueltas había tenido que perder un curso en el colegio. Esto me lo fue contando poco a poco, cuando al parecer decidió que después de todo era posible mantener una conversación conmigo. Sus dos grandes intereses, dijo entonces, eran la música y el fútbol. Me contó que tocaba la batería bastante bien. Pero si con la música no lograba nada, le quedaba el deporte.

–En Ecuador el entrenador decía que podía llegar lejos. Acá, en cambio, no soy nadie.

Eso fue lo que se me quedó grabado: «No soy nadie». Intenté convencerlo de que sí, de que todos somos alguien, pero su firmeza me apabullaba. Él sentía que nunca iba a encajar en España, que solo podía ser alguien si volvía a su tierra. Algo de eso escribí después, cuando tuve que ponerme en su rol. Él, en cambio, escribió lo que se le dio la gana.

«Aún no me resigno a estar aquí –decía su texto en el que supuestamente hablaba por mí–. No me resigno a perder mi calle, mis amigos y la heladería de la esquina, donde venden helado de dulce de leche granizado, pero sé que las cosas van a cambiar. Al final voy a estar bien».

–Yo no dije eso –protesté cuando leí la última frase.

–¿No? –me miró indiferente–. Tal vez no lo dijiste exactamente así. Pero verás que eso te va a pasar. A mí no.

4

En los primeros días, Sergio y Claudio pretendieron demostrar que estaban en el mejor de los mundos, porque supongo que así ambos se sentían ganadores de la apuesta. Aunque nadie lo dijo, la impresión que todos teníamos era que el más beneficiado tenía que ser Claudio, tal vez sencillamente porque eso era lo que dejaba creer la historia: que el mendigo disfrutaba de los privilegios de ser príncipe. Al menos por un tiempo.

Él mismo no hacía más que acentuar esa idea, pavoneándose a cada momento de lo bien que lo pasaba en lo de Sergio, donde en todas las comidas se servían dos platos y postre, donde le complacían sus más mínimos deseos y si quería podía cambiarse cuatro veces al día, ya que siempre había ropa limpia esperándolo.

La familia de Sergio había aceptado la idea de que el instituto había promovido el cambio de casas y todos hacían un esfuerzo por mostrarse hospitalarios. Hasta la hermana, que no se caracterizaba por su amabilidad, lo invitó a Claudio a ver una película en el DVD de la sala con ella y una amiga. Era una de terror y se la habían pasado lanzando alaridos.

–¿Qué amiga? –preguntó Sergio al oírlo.

–Macarena, una rubia.

Me pareció ver una mirada cómplice.

–Está buena.

Pero Claudio se mostró indiferente a ese asunto.

–Supongo, sí. Era la que más gritaba.

–¿Y mi abuela? –preguntó Sergio volviendo a la carga–. ¿No te hizo escuchar un concierto de piano?

–Sí, pero no me importó. El sillón de la sala es bien cómodo.

–Seguro que eligió el más largo –Sergio había logrado dar vuelta la situación y su tono era cada vez más filoso–, el que dura 55 minutos. ¿A que luego quiso ver tus notas? ¿A que te echó un discurso sobre lo mal que te irá en la vida si te queda alguna? ¿A que luego mi madre te dijo que eres responsabilidad de ellos mientras estés en casa y no debes salir?

Claudio asintió con desgano, lo cual no hizo más que aumentar las carcajadas de Sergio, que de pronto se sentía el ganador del día. Él, en cambio, había disfrutado de la más completa libertad. Así lo dijo. Al salir del instituto había ido al cine y a caminar con un amigo. Hasta cansarse de andar por la calle.

–Llegué a tu casa a tiempo para tomar un café con tu padre. Después nos quedamos jugando a las cartas hasta las dos de la madrugada. Un tío estupendo, tu padre. Me lo pasé muy bien.

–¿Había comida en casa? –preguntó Claudio.

–No mucha, pero ya había comido un bocadillo por la calle.

–Si andas con dinero encima no estás cumpliendo el trato. Se supone que debes vivir mi vida, y yo nunca tengo un centavo.

En la expresión de Sergio hubo un sutil cambio, como si por un momento se sintiera incómodo. El triunfalismo que derrochaba empezó a entibiarse. Claudio lo vio y avanzó.

–Para que sea justo tienes que dejar tu dinero. Solo así te vas a acercar a la forma en que yo vivo. ¿Cuánto traes?

Sergio vació sus bolsillos, donde tenía algo más de treinta euros.

–Está bien –dijo–, me quedo sólo con lo necesario para viajar. El resto lo dejaré en custodia de Ayelén.

–Tampoco deberías llevar el móvil –agregó Claudio señalando el teléfono que sobresalía en el bolsillo de Sergio–. Yo no tengo.

Me pareció que Sergio dudaba, pero al fin aceptó.

–¿Por qué no? –dijo–. Así es mejor: ya nadie en casa puede controlarme. También te lo dejo, Ayelén.

Me sorprendió verme involucrada. Hasta ese momento todos habíamos escuchado sin intervenir, riendo ante las anécdotas que contaban. A mi lado estaba Fernando, quien en los últimos días había salido un poco de su silencio y cada tanto se acercaba a mí. Ahora noté que miraba todo con desaprobación.

–¿En verdad tú piensas que puedes vivir la vida de Claudio? –lo increpó a Sergio.

–Sí, eso hago.

–¿Tú? –Fernando sonrió irónico–. ¿Acaso no tienes cara de español? ¿No hablas como español? ¿No andas por ahí sabiendo que tienes todo asegurado? No, olvídalo: nunca sabrás lo que es estar en su lugar. O en el mío.

A nuestro alrededor se había formado un silencio incómodo. Yo intenté romperlo.

–Es solo un juego –dije, pero Fernando no me contestó, apenas se encogió de hombros y volvió a quedarse callado. Aunque Sergio retomó sus bromas, sentí que todos habíamos quedado un poco descolocados, como si hubiéramos sido atrapados riéndonos en un velorio.

Esa tarde, al salir del colegio, caminé con Claudio y Fernando hasta la estación de metro. Después de encontrarnos dos o tres veces esperando el mismo tren, habíamos impuesto esta costumbre sin necesidad de acordarlo. Solo habíamos avanzado unos pocos metros cuando vi un grupo de chicos –serían cuatro o cinco– apoyados contra un muro y me pareció reconocer algunas caras del colegio. La situación me inquietó, aunque no hubiera podido decir bien por qué. Tal vez había algo provocador en la forma en que ocupaban buena parte del paso, o era que todos se vestían de manera similar, con camperas negras y calzado del mismo color. O quizás fueron las miradas que nos dirigieron. Hostiles. Noté que Claudio y Fernando se ponían tensos.

–No hagas caso y sigue caminando –me dijo Claudio.

–¿Que no haga caso a qué? –pregunté, pero él se limitó a acelerar el paso y empujarme suavemente del brazo.

Entonces oí unos murmullos. Después, uno de ellos escupió al piso. Sentí que la escupida pasaba cerca, aunque no llegó a tocarme. Igual me estremecí. No era una situación agradable. Fernando se detuvo y se volvió, pero Claudio insistió.

–Vamos –dijo–. No te detengas.

Cuando nos alejábamos escuché que alguno gritaba. No se entendieron las palabras, pero alcanzaba el tono para saber que no era nada bueno.

–¿Qué fue eso? –pregunté apenas bajamos la escalera del metro. El corazón me latía como si tuviera una carrera de caballos en el pecho.

Claudio, en cambio, había recobrado su aspecto imperturbable.

–Lo de siempre –dijo–, no hay que enrollarse.

Sin embargo, Fernando parecía alterado. Miró hacia atrás y por un momento pensé que intentaba volver para pegarle a alguien. Pero fue apenas un amago.

–¿Para qué vas a ir? –preguntó Claudio–. Solo harías lo que ellos buscan. Es mejor ignorarlos. Hacer que no existen.

Yo seguía sin entender.

–¿Me pueden explicar de qué se trata todo esto?

Claudio me miró con sorpresa. Era, dijo, simplemente lo que se veía: un grupo de tarados que solían andar por la zona buscando pelea. Algunos iban a nuestro instituto. El líder era uno con cara de cerdo que se llamaba Ricardo, aunque todos le decían la Bestia. Lo habían expulsado el año anterior por romperle una silla en la cabeza a otro durante una pelea.

–¿Se meten con cualquiera?

–Supongo que con los que no les gustan por algún motivo. Que puede ser casi cualquiera.

–¿Y por qué con nosotros?

Los dos me observaron como si yo acabase de caer de otro planeta.

–Será porque no llevamos los zapatos adecuados. O porque no les cae bien mi acento, o la cara de Fernando. O porque les dio la gana. No hace falta una razón –Claudio se rió–. Tú andas en tu mundo y no te enteras de nada.

Su serenidad me asombró. O quizás me irritó.

–¿No te enojás cuando te insultan?

Se encogió de hombros.

–Hay demasiados problemas para tomarse en serio a esos idiotas. Prefiero pasar.

Lo miré a Fernando en busca de alguna respuesta, pero había vuelto a replegarse en su interior y su cara era indescifrable. Me pregunté qué pensaría.

5

Con mi madre hice las paces comiendo alfajores de dulce de leche. Ella los había encontrado en una tienda de la Gran Vía, y si bien me pareció que no eran tan buenos como los que solía comer en Argentina, me hicieron sentir un poco en casa, al menos digestivamente hablando.

–¿Qué es el dulce de leche?

–Ya te conté. Se usa para rellenar tortas o para untar el pan. Una pasta marrón, muy dulce.

–Suena asqueroso.

–Estás loco. Es lo mejor del mundo.

Creo que como reconocimiento a su gesto acepté responder más preguntas de lo usual sobre el instituto, los profesores, mis compañeros y todo lo que tuvo ganas de saber. Demasiadas. Ella escuchó, sonrió y consideró que ya me estaba adaptando.

Supongo que eso era lo que quería creer. En verdad, yo me sentía absolutamente inadaptada. Quiero decir, claro que podía cumplir con las rutinas básicas: ir al instituto, hablar con la gente, estudiar y hasta sacar notas aceptables. Pero eso no era ni la mitad de mi vida. Cada día seguía pensando en lo que no tenía: Buenos Aires, mi casa, mis amigos. Y a la noche muchas veces lloraba. Cuando estaba en la cama, con la puerta cerrada, me ponía a pensar en todo lo que extrañaba y me caían unas lágrimas gordas y tibias. Ni siquiera trataba de evitarlas, tenía la sensación de que habían estado ahí todo el día, esperando a poder salir por infinidad de motivos distintos, y era hora de dejarlas correr.

En cierta forma creo que disfrutaba mi infelicidad nocturna, ese espacio en el que podía dedicarme a añorar sin que nadie me viera. A la mañana me sacaba el pijama y me ponía la cara de adaptada, la que usaba frente al grupo en el que había acabado por integrarme.

–Lo dices como si hubiera sido un sacrificio. Pero estabas ansiosa por oír las noticias.

–Es cierto, me había enganchado.

A medida que se acercaba el fin de semana, todos creíamos que en cualquier momento uno de los dos reconocería que ya estaba cansado del cambio y pediría volver a su casa. Sin embargo, el viernes las cosas dieron un giro.

Claudio llegó al instituto con un aire inquieto, como quien tiene algo para decir pero no sabe cómo empezar. Tras varios rodeos, al fin lo soltó: que esa noche se iba a la playa por todo el fin de semana. Lo dijo desviando la mirada, como si la pared de enfrente tuviera de pronto un inesperado atractivo.

–¿A la playa? –preguntó Sergio, y me pareció notar en su cara un vago malestar–. ¿Con quién?

–Con tu familia. Intentaron avisarte, pero como ya no tienes el móvil y tampoco estabas en mi casa, no pudieron. Quieren que también tú vengas. Yo, honestamente, no sabía si aceptar la invitación, pero pensé que si rehusaba y volvía a casa estaba perdiendo la apuesta. ¿No es así?

Fue evidente, al menos para mí, que a Sergio no le gustaba mucho que Claudio saliese de vacaciones con su familia.

–¿Vais a la casa de playa de mis tíos? –preguntó.

–Sí, tu hermana va con una amiga y también han dicho que estarán tus primos. ¿Vienes?

Todos nos dimos cuenta de que la pregunta de Claudio era una provocación. Como él mismo había sugerido, si Sergio iba de viaje con su familia estaba abandonando el cambio de papeles y quedaba fuera de juego. Pablo, un rubio que en los últimos días se había sumado al corrillo que comentaba las alternativas del asunto, lo dijo en voz alta.

–Si va pierde la apuesta.

Solo entonces Sergio pareció reaccionar.

–Pues claro que no pensaba ir –dijo–. ¿Y qué más quiero que quedarme aquí? Será la libertad absoluta: sin instituto y sin tener que llamar a casa para decirles cómo estoy. Ellos creen que tu padre me controla, pero en verdad no lo hace. Te deseo un buen fin de semana con mi madre, mis tíos, mi abuela... –aquí soltó una carcajada–. Seguramente mi tío te va a despertar bien temprano cada día para que vayas a correr con él y con mi primo Adolfo por la playa. Siempre repite eso de «mens sana in corpore sano», que significa algo así como que debes hacer ejercicio para que la cabeza te funcione. Piensa en mí cuando estés corriendo contra el viento frío: yo estaré bien abrigado en tu cama, durmiendo hasta el mediodía.

Todos sonreímos, pero creo que nadie se terminó de tragar tanta alegría. En verdad, ambos parecían estar fingiendo un poco. Ni Claudio debía de estar tan entusiasmado con irse ni Sergio con quedarse, pero el orgullo podía más que ellos. Esa tarde nos despedimos deseándoles suerte a los dos. Pensé que no sabría nada hasta el lunes, pero fue entonces cuando todo se complicó.

–No fue exactamente como lo has escrito.

–¿En qué sentido?

–A mí no me molestaba que él se fuera con mi familia.

–Vamos, pibe... En cualquier caso, ustedes me pidieron que yo escribiera. Ya te dije, esta es mi versión, te guste o no.

–Qué carácter tienes, *piba*. Me gusta esa palabra.

–Se oye rara en tu boca.

El teléfono de mi casa sonó a las dos o tres de la tarde del sábado. Cuando papá vino a avisarme que era para mí, vi en su cara la sorpresa. No era normal que alguien me llamara, menos un sábado y menos aún una voz masculina. Al principio no lo reconocí.

–Oye, Ayelén, hay problemas –dijo sin siquiera presentarse–. El padre de Claudio está en el hospital.

La voz de Sergio se notaba alterada. Acababan de llamar para avisar de que José se había desmayado en el metro y lo habían internado. Él había pensado en comunicarse con Claudio en la casa de sus tíos, pero cuando estaba marcando el número se dio cuenta de que no era tan buena idea: no tenía demasiado para contarle e iba a darle un susto fatal.

–Tal vez habría que ir primero al hospital para ver de qué se trata... Solo que odio los hospitales.

–¿Querés que te acompañe?

–¿Puedes?

Quedamos en encontrarnos en una esquina media hora más tarde. Mientras me cambiaba pensé que era la primera vez que arreglaba con alguien desde que estaba en España.

–¿Estabas nerviosa?

–Un poco. No es que ir a un hospital sea una gran cita, pero igual me inquietaba. Nunca antes nos habíamos visto fuera del instituto.

No fue fácil ubicar el lugar donde estaba internado el padre de Claudio, y mucho menos lograr que los médicos que lo habían atendido aceptaran explicarnos a nosotros, que éramos chicos y no podíamos siquiera fingir ser familiares, cuál era el problema. Pero al final conseguimos que un psiquiatra al menos nos concediera unos minutos. Era un extraño personaje. Nos miró de arriba abajo con un gesto de desconfianza, como si dudara de nuestras intenciones con José, o como si pudiéramos ser un par de asesinos profesionales que veníamos a liquidarlo. Pero al parecer pasamos el examen, porque finalmente nos dio un panorama del asunto: José sufría problemas gástricos, a lo que se sumaba su insomnio crónico, constantes dolores de cabeza, y ahora también un ataque de pánico. Un cóctel horrible. Con todo eso golpeándole el cuerpo, había sufrido una crisis en el metro en donde se sintió morir. Por un momento, nos dijo, no tuvo la más mínima idea de dónde estaba: ni en qué lugar, ni en qué ciudad, ni en qué país. Ahí mismo se desmayó. Pero ya estaba tranquilo, al menos según el psiquiatra. Si no aparecía ningún problema nuevo, podría irse a su casa al día siguiente. Eso sí –y aquí nos miró a Sergio y a mí como si fuésemos las niñeras de José–, debía permanecer al menos dos días en reposo, en un ambiente calmo, alimentarse de forma sana y no tener sobresaltos. De ningún tipo. Además, seguir con la medicación y volver para la terapia.

Asentimos como si pudiésemos tener algún tipo de control sobre todo aquello. Después, Sergio pidió verlo un momento y yo me quedé esperando afuera.

–José está bastante bien, pero nosotros tenemos problemas –me dijo cuando salió.

–¿Por qué?

–Me pidió una sola cosa: que no se lo diga a Claudio mientras esté aquí.

Hasta ese momento, Sergio y yo habíamos decidido una sola cosa y era precisamente esa: que apenas saliéramos de ahí íbamos a llamar a Claudio.

–¿Y qué le dijiste?

–¿Acaso puedes decirle que no a un tipo que te pide un favor desde la cama de un hospital?

–Tenés razón, estamos en problemas.

En el regreso acordamos una serie de asuntos que debíamos resolver. Primero había que pasar a buscar dinero por casa de Sergio. Luego iríamos al supermercado, para que José tuviera algo de comer cuando volviera. Y finalmente nos dedicaríamos a limpiar y ordenar su casa, porque según dijo Sergio en sus particulares palabras, le faltaba *un poquillo* de dedicación.

Después vi que en verdad le faltaban varios meses de dedicación, porque la casa era un desastre.

Hospital, supermercado y limpieza: no era gran cosa como primera cita, pero así y todo creo que lo estábamos pasando bastante bien. O tal vez era simplemente que desde mi llegada a España era la primera vez que yo me sentía parte de algo.

Lo cierto es que yo estaba fregando la cocina con un sorprendente buen humor cuando Sergio se dio cuenta de que nos habíamos olvidado la leche. Bajó a comprarla y al volver, diez minutos después, estaba pálido y agitado.

–Hay unos tipos –fue todo lo que dijo, mientras se apoyaba contra la heladera, como si temiera caer.

–¿Unos tipos qué? –dije, aún luchando contra una mancha de grasa.

Sergio me detuvo la mano con una fuerza que me asustó.

–Unos tipos que creo que son de la Policía –la agitación le entrecortaba las palabras–, están abajo haciendo preguntas a los vecinos sobre un colombiano. ¿Entiendes?

Solté la esponja.

–Entiendo. ¿Qué hacemos?

Nos estábamos mirando en busca de alguna respuesta cuando sonó el timbre.

Aún hoy me sorprendo de la velocidad de mi reacción. Me acomodé el delantal que había usado para proteger mi ropa, tomé una escoba y abrí la puerta. Dos tipos me miraban con cara de pocos amigos. Uno de ellos extendió una credencial que apenas alcancé a ver.

–Buscamos al señor Méndez –dijo.

–No es aquí –contesté, e intenté cerrar la puerta. Pero el hombre tenía buenos reflejos, porque alcanzó a meter el pie para impedírmelo.

–Los vecinos me han dicho que vive aquí. José Méndez.

–Ah, José –dije poniendo mi mejor cara de idiota–. Se fue de vacaciones.

Por supuesto, el hombre no me creyó una palabra.

–¿Y tú quién eres?

–Una amiga. Vine a regar las plantas y limpiar un poco.

El tipo aprovechó que yo había aflojado la presión sobre la puerta y le dio un empujón que la abrió de par en par. Instintivamente di un paso hacia atrás y él entró.

–¿Qué plantas? –preguntó mirando a su alrededor.

No había ninguna planta.

–Como me demoré unos días se murieron todas.

Soltó una risa seca, como una tos de perro, y se puso a observar el departamento.

–¿Y él? –lo señaló a Sergio, que se había quedado apoyado contra una pared, como una estatua.

–Él es...

El tipo me interrumpió.

–Debe de ser el hijo de José.

Estaba por decirle que no, que solo era un amigo, pero Sergio se me adelantó.

–Sí –le dijo mirándolo fijamente–, soy su hijo.

El tipo sonrió y se le vieron unos dientes oscuros y chuecos. Al mismo tiempo le hizo un gesto al otro, que se metió en la casa. Era una especie de gigante, que debía de medir casi dos metros. Se me ocurrió pensar que tal vez era mudo, porque no emitió ningún sonido. Sin pedir permiso, avanzó hasta el único dormitorio y miró rápidamente adentro. También se asomó al baño y a la cocina. Después le hizo un gesto a su compañero, indicándole que no había nadie.

El otro se había quedado ese tiempo de pie junto a nosotros, creo que controlando que no nos moviéramos.

–¿Y de dónde eres tú? –dijo observándome otra vez.

–Argentina –dije–, pero de familia española. Mi abuelo era de Galicia. Si quiere le cuento, aunque es una historia larga.

–Otro día, guapa –el tipo abrió la puerta y antes de salir volvió a mirarnos. Primero a mí y después a Sergio.

–Dile a José que vamos a volver –le dijo–. Y que lo vamos a encontrar.

–De verdad que ese día estuviste estupenda. Maravillosa. Creo que no te lo hemos dicho suficientes veces. Una actuación increíble...

–Me estás cargando.

–¿Qué es cargar?

–Lo que vos hacés todo el tiempo: tomar el pelo.

–Qué dices, yo soy muy serio.

–Mejor sigo escribiendo.

6

Había sido demasiado para un día. En eso coincidimos Sergio y yo una vez que se fueron los tipos y nos quedamos mirándonos, yo aún con el delantal y la escoba, él apoyado en la pared, como si temiera caerse. Lentamente se deslizó hacia una silla y dijo que todo ese ajetreo le había dado un hambre descomunal.

–Te invito a un chocolate con churros –me propuso–. O a un bocadillo. O a un café con medialunas, lo que prefieras.

–Seguro que no dije medialunas. Habré dicho cruasanes.

–Cierto, y yo no entendí. Te contesté: «¿Medialunas?». Vos te pusiste impaciente: «El nombre que te guste, pero vamos ya», dijiste.

–Me moría de hambre.

El asunto parecía no tener solución. Por muchas vueltas que le dimos en el café una vez digeridos los churros, el bocadillo y los cruasanes –el estómago de Sergio tiene una capacidad que nunca deja de asombrarme–, la historia se acercaba demasiado a lo que suele llamarse un callejón sin salida. Por supuesto no podíamos decirle a José, apenas llegado del hospital, que unos tipos andaban buscando información sobre sus actividades. Eso era exactamente lo que había prohibido el médico: sobresaltos. Pero tampoco podíamos ocultárselo para siempre, sobre todo porque los tipos habían prometido volver.

Incomprensiblemente, Sergio había cometido la estupidez de hacerse pasar por el hijo de José, según dijo para concentrar la atención en él y protegerme. A mí me pareció un gesto de caballerosidad tonto e inútil, que no había hecho más que empeorar las cosas.

–Lo que hay que hacer –dijo él sin prestar atención a mis objeciones– es resolver la situación de José.

–Como si fuera tan fácil –le contesté–. Las cosas son bastante más complicadas de lo que pensás: José no tiene papeles porque no tiene un trabajo legal y no consigue trabajo legal precisamente porque no tiene papeles.

–Hombre, así dicho, no hay salida.

–Justamente.

Sergio dijo que yo era demasiado racional para una tarde como esa. Tenía razón, y en cualquier caso era hora de acabar con esa tarde porque yo tenía que volver a casa. En la estación de metro nos despedimos con un beso que resultó accidentado, porque le di uno y él dejó la cara suspendida en el aire para el segundo, que nunca llegó.

–Aquí se dan dos besos –me dijo.

–Ya lo sé, pero no termino de acostumbrarme. Allá damos uno solo.

–Y lo sigues haciendo.
–¿Qué cosa?
–Lo del beso. Está feo que dejes al otro esperando el segundo.
–Ya te dije que no me acostumbro.
–Tal vez no quieres acostumbrarte.
–Odio que intentes analizarme.

Aunque Sergio había quedado en pasar el domingo al mediodía por el hospital a buscar a José, me pidió que luego me acercara a la casa por lo que él consideraba el insoluble problema de la comida sana, que podía resumirse en unas pocas palabras: todo lo que sabía preparar era un sándwich o, esforzándose, unos huevos fritos que difícilmente pudieran ser considerados comida sana.

De modo que llegué cargando medio kilo de zapallo [1] que pensaba convertir en puré, pero me encontré con que José estaba de pie, preparando algo que olía muy bien, y que no tenía la más mínima intención de representar el rol de enfermo. En verdad, todo en José me resultó una sorpresa. Para empezar, su edad: era mucho más joven de lo que yo esperaba.

–Es que cuando tuvimos a Claudio, tanto Liliana como yo éramos unos peladitos –dijo mientras tiraba en la cacerola una cantidad de cebolla picada que me pareció un poco exagerada para su condición, aunque me cuidé bien de decírselo–. Y cuando uno es un peladito («un niño», aclaró ante mi mirada sorprendida) se lanza a la vida sin pensarlo... Ahora, bonita, si pensamos en lo que estamos haciendo aquí, su zapallo quedaría excelente en este guiso.

---

[1] Tipo de calabaza.

Esa tarde conocimos algunos chispazos de José. Pero creo que Sergio y yo estábamos un poco inhibidos –a fin de cuentas, joven y todo, él era el padre de Claudio– y no preguntamos lo que en verdad hubiéramos querido saber, como las razones del insomnio, o de ese ardor en el estómago que había estallado la mañana del sábado en el metro hasta convertirse en una pared blanca que se lo tragó. Y que por un rato, nos dijo, pensó que era la muerte.

–Un susto horrible.

Eso decía cuando oímos un ruido. Acabábamos de terminar el guiso y nos estábamos entreteniendo con unas manzanas en el momento en que se oyó: primero unos pasos y luego el sonido de un bulto pesado que alguien dejaba caer junto a la puerta. Sergio y yo nos miramos asustados y creo que pensamos lo mismo: en los tipos del día anterior cuya existencia le habíamos ocultado a José hasta ese momento. Me levanté como si tuviera un resorte, dispuesta a hacer algo, no sé bien qué, que tapara a José de la vista de los hombres, cuando la puerta se abrió y apareció Claudio. En realidad, Sergio le había dejado un mensaje para que fuera por su casa al llegar, pero no lo esperábamos tan temprano.

–¿Qué vaina es esta? –dijo sonriendo, mientras arrastraba su equipaje al interior de la casa.

José lo hizo sentar, le sirvió un vaso de leche y le explicó el asunto de su desmayo y la estadía en el hospital. Fue en verdad una versión bastante aligerada de las cosas, en la que su enfermedad resultaba ser prácticamente una buena noticia. Terminó diciéndole que no tenía que preocuparse por nada y podía seguir con sus planes, porque él estaba espléndido. Pero Claudio no pareció tragárselo tan fácilmente.

–Para mí se terminó la apuesta. Mira –dijo dirigiéndose a Sergio–, tu familia me trató bien, la casa de playa es muy chévere y la pasé muy rico, pero este asunto se acabó. Quiero quedarme en casa. Te doy por ganada la apuesta, puedes anunciarlo. Hasta tenemos a Ayelén de testigo.

Y me miró con una cara en la que era evidente su deseo por saber qué diablos hacía yo en su casa, cosa que nadie le aclaró. Pero Sergio estuvo muy elegante: le dijo que también él había planeado volver a su casa esa tarde, porque su familia lo había estado reclamando por teléfono, de modo que bien podían decir que el resultado de la apuesta era un empate.

Aún nos quedamos un rato más y tuvimos tiempo de escuchar las anécdotas del fin de semana en la playa, oportunidad que la abuela de Sergio había considerado ideal para darle unas lecciones de francés a Claudio, pero como no estaba conforme con la forma en que pronunciaba el sonido de la u, le había hecho repetir unas trescientas cincuenta veces la frase «Tu aime le parfum». Lo dijo de una manera tan graciosa que José terminó escupiendo el último bocado de manzana en una carcajada estruendosa que nos contagió a todos. Y en ese preciso momento sonó el timbre. Sergio y yo saltamos de las sillas y supongo que pusimos cara de película de terror porque Claudio nos miró extrañado.

–¿No andan un poco nerviosos ustedes?

Estuve a punto de decirle que no abriera, pero no se me ocurrió ningún motivo razonable y solo amagué a pararme estúpidamente delante de José. Me pareció que las piernas se me empezaban a aflojar y temí caerme encima de él, pero en ese momento Claudio abrió y al otro lado de la puerta apareció la cara de la vecina de abajo que pedía un poco de harina prestada. Me volví a sentar aliviada y dije que ya era hora de irnos.

Pero antes de que Sergio y yo nos fuéramos aún hubo una ronda del jugo de naranjas que acababa de exprimir Claudio para celebrar el fin de la apuesta. Aunque las cosas no eran exactamente así.

–¿Así cómo?

–Definitivas. Ustedes actuaban como si todo se acabara, y en cierto sentido solo empezaba.

Lo que ninguno de los dos estaba dispuesto a decir es que la excusa de José les había venido como anillo al dedo para acabar con la apuesta, que era lo que en el fondo ambos deseaban. Mucho después, Sergio me reconoció que para él no había sido tan espectacular como quería mostrar. El príncipe extrañaba el palacio: es lo que yo creo aunque él me odie por decirlo. Pero si prolongaba tanto sus paseos por la calle no era solo por el placer de saborear la libertad, sino por no llegar al departamento de Claudio, habitualmente vacío, donde solía invadirlo la tristeza y no encontraba con qué remediarla. No había computadora para dejarse ocupar el cerebro con algún juego, la televisión se había estropeado y ni siquiera tenía su móvil con él para entretenerse enviando mensajes inútiles. En esos días hasta extrañó a su hermana.

Pero tampoco el palacio era lo que Claudio pintaba. Él acabó por admitirlo hace poco. Es cierto que al principio disfrutó del lujo de ser atendido, pero eso terminó por volverse asfixiante. En verdad, la familia de Sergio había puesto muchos reparos al intercambio y, si bien finalmente se dejaron convencer, pretendían que la cosa no durara más de dos o tres días. Pero todo cambió con la llegada de Claudio, que desplegó su simpatía y terminó por meterse a todos en el bolsillo. Lo peor, suele contar Claudio ahora que eso quedó lejos, fue la abuela, que se propuso cumplir a rajatabla aquello de «sumergirlo en la cultura española» que decía en la carta que había inventado Sergio. Se la pasó contándole historias de su pueblo natal, mostrándole fotos, haciéndole escuchar música y cocinándole platos típicos. Dos o tres veces al día venía con algún alimento de origen impreciso y su frase favorita: «Prueba, querido». Claudio sentía que iba a explotar ante esa sobredosis de comida y atención.

De modo que la enfermedad de su padre le dio motivo para abandonar sin quedar como un perdedor total. Pero ese día en que sellaron el final de la apuesta no sabían que en realidad nada terminaba. Porque ahora que Claudio y Sergio habían metido un pie en la vida del otro, ya no sería tan fácil sacarlo.

7

Fernando es tan silencioso que a veces solo por hablar nos sobresalta. Es como si de pronto algo se quebrara: ese aire de muro que tiene, o de estatua. Y uno no espera que las estatuas hablen. Diría que es lo contrario de mí. A veces me excedo, es cierto, pero es que casi todo me parece digno de ser comentado en detalle.

–Creo que con tanto detalle vas a marear al que lea esto.

–No, los detalles sirven para hacer una buena pintura de la escena. Vos me mareás a mí, interrumpiendo a cada rato. ¿No tenés otra cosa que hacer?

Aquel lunes, Fernando nos sorprendió cuando dijo que quería hacernos una invitación. Creo que la sorpresa no estuvo tanto en que viniera a hablarnos como en la palabra elegida: en su boca, «invitación» sonó completamente ajena. Sin embargo, se ajustaba a la verdad. Por mucho que costara creerlo, Fernando se iba a presentar en público junto a una banda.

Las cosas habían surgido un poco de casualidad.

Los amigos de un amigo le habían propuesto suplantar al baterista de su grupo, que había caído enfermo poco antes del día en que debían tocar en el sótano de un café. Su primera presentación pública. Y si la cosa andaba bien, habría otras funciones. Por la forma en que lo contaba, se veía que la idea de exponerse en público no le entusiasmaba demasiado. Pero le pagaban algo, y si pensaba en el precio del pasaje a Ecuador no podía despreciar ningún ingreso.

No solo fuimos por la curiosidad de verlo en el escenario. Cuanto más público hubiera, más crecían las posibilidades de que el grupo volviera a ser contratado y nos pareció bien contribuir en el asunto. De modo que le dijimos que sí, que allí estaríamos. Y el viernes a las ocho nos encontramos. En la mesa nos sentamos Claudio, Mariana, Pablo y yo. Un poco más tarde llegó Sergio junto a su hermana Luisa, la amiga de ella, Macarena, y una cara de «no pude dejar de traerlas». Y hablando de caras, Fernando parecía más estatua que nunca, aunque supongo que era por la tensión, que suele agrandar las locuras de cada uno. Yo, por ejemplo, cuando estoy muy tensa hablo de una manera incontenible y, según me han dicho, un poco insoportable. Pero todo salió bien, los aplausos abundaron y hasta se pidieron bises. En verdad los pedimos nosotros y el resto del público terminó por sumarse a nuestra algarabía un poco exagerada.

Cuando el espectáculo terminó y Fernando llegó finalmente a la mesa, parecía más contento y menos estatua. Supongo que fue por halagarlo que Mariana empezó a insistir con que era un buen músico y tenía talento y que por qué entonces no abandonaba la urgencia de volverse a Ecuador y exploraba sus posibilidades en España. Fernando no decía gran cosa, apenas negaba una y otra vez con la cabeza, hasta que al final soltó que no, que aquí nunca le iba a ir bien. Y que eso se veía en cómo le miraba la gente. O en que no le miraban, porque muchas veces caminando por la calle veía cómo desviaban los ojos.

–Algunas mujeres hasta aprietan los bolsos contra el cuerpo cuando se cruzan conmigo.

–Hombre, te lo imaginas –dijo Pablo–. No creo que sea contigo, siempre hay gente desconfiada que mira raro a cualquiera.

Fernando solo negó otra vez con la cabeza.

–¿Y qué si piensan eso? –dijo Claudio, que hasta ese momento había estado callado–. Son solo algunos. Ya ves que aquí estamos: también ellos son españoles. En ningún país te va a gustar toda la gente. Lo que tienes que hacer es pasar de los otros y ya.

–Tú pasas, yo no. Yo no hago más que ver esas miradas en todos lados.

Después de ese diálogo se creó uno de esos silencios difíciles, que van creciendo y ocupan lentamente todo el espacio. De pronto Macarena miró el reloj y dijo que era tarde y tenía que llamar a su hermano para que la recogiera. Sergio puso una cara rara, me pareció que su piel estaba un poco pálida, o quizás verdosa, aunque debían de ser las luces de colores, y le contestó que no, que era muy cerca y él podía llevarlas a las dos, porque Luisa se quedaba con ella. De modo que partieron.

Tal vez fue el cambio de música que se dio en ese momento o que Claudio empezó a contar las historias de su viaje a la playa con lecciones de francés incluidas, lo cierto es que cuando Sergio volvió el clima era muy distinto y todos nos estábamos partiendo de la risa. Pero él traía una expresión como de peligro.

–No saben de la que nos hemos salvado –dijo aún antes de sentarse–. ¿A que no adivinan quién es el hermano de Macarena?

–¿Quién?

–La Bestia.

Quedamos literalmente con la boca abierta. Y digo literalmente porque Claudio estaba a punto de tomar un trago de su bebida, pero cuando oyó la palabra Bestia apoyó el vaso y fue como si olvidara cerrar la boca, lo cual le dio un aire increíblemente estúpido.

–Pero aún no os he dicho lo mejor –siguió Sergio mirándolo directamente a Claudio–. ¿A que no sabéis de quién está completamente enamorada Macarena?

La mirada no había dejado lugar a dudas, de modo que todos giramos la cabeza y enfocamos los ojos sobre Claudio mientras decíamos, creo que a coro:

–No...

En verdad, no todos, ya que Claudio se había quedado mudo. Por supuesto pedimos detalles a gritos. La cosa venía de los primeros días en que Claudio se había mudado a la casa de Sergio, cuando había empezado a cruzarse con Macarena. Lo que él había interpretado como encuentros casuales no habían sido tan casuales porque, decía Sergio, ella había *flipado* apenas conocerlo y a cada momento caía a visitarla a Luisa para poder encontrarse con él. De modo que se hizo invitar al fin de semana de playa y venía intentando toda triquiñuela posible con tal de llamar su atención, pero él nada, ni cuenta se daba de que la tenía a sus pies. Totalmente muerta.

Pablo soltó un silbido de admiración.

–Tienes suerte –dijo–, está buena.

Pero Claudio no parecía conmovido ante su éxito.

–Lo último que me faltaba –dijo tomándose la cabeza entre las manos– era que la hermana de un tipo que me odia y mide dos metros de alto por uno de ancho se fijara en mí.

Quisiera aclarar, para hacer honor a la verdad, que esas no son exactamente las medidas de la Bestia. Es cierto que es alto y bastante musculoso, pero tampoco es cuestión de exagerar.

En fin, que Claudio había caído en una profunda depresión. Todos intentamos levantarle el ánimo diciendo que la Bestia no tenía por qué enterarse, ya que seguro a Macarena no se le ocurriría contarle una cosa así a un hermano que era un animal con una sensibilidad menor a cero. Pero Claudio estaba inconsolable y no hacía más que augurar catástrofes, como que la Bestia lo iba a estar esperando en cualquier esquina para partirle la cabeza en cuatro, por lo cual todos terminamos prometiendo que no íbamos a dejarlo solo. Nunca jamás. Y Sergio ahí mismo se ofreció a ir a dormir esa noche a su casa. A lo que, de todas formas, ya estaba acostumbrado.

Tomé el metro con Fernando, que amablemente bajó en mi estación para acompañarme a casa. En el camino seguimos hablando, como si esa noche de emociones fuertes hubiera abierto una ventana entre nosotros que aún no se cerraba. Le conté que a veces aún me sentía furiosa con mis padres por haberme traído a España en busca de un futuro para el que no me habían consultado. También confesé que cuando la nostalgia me pesaba demasiado, todavía lloraba de noche. Fernando sonrió y dijo que él ya no lo hacía, pero antes sí, en un tiempo en que hubiese querido llorar y romper vidrios todos los días.

–¿Romper vidrios? –pregunté extrañada.

Se explicó de manera confusa. Si hay algo con lo que Fernando no es generoso son las palabras, pero creí entender que un día, al principio de su llegada, tuvo un ataque de «bronca» y rompió un vidrio del departamento.

En la puerta de casa nos despedimos con un beso a la española. Es decir, con dos besos.

–En mi país es uno solo –le dije.

–En el mío también –contestó, y se fue.

8

Dice Sergio que supo del enamoramiento de Macarena la misma tarde del concierto, cuando Luisa empezó a insistir con que las llevara con él. Al principio todo le resultó un poco extraño, porque si bien su hermana es solo un año menor que él, normalmente la única actividad que desarrollan juntos es pelearse. Por eso Luisa tuvo que decirle la verdad: que Macarena moría por Claudio. Hasta ahí a Sergio la cosa le pareció más bien divertida y no tuvo inconvenientes en llevar a las dos al concierto. Pero en el metro, cuando empezó a oír hablar de un hermano de Macarena llamado Ricardo, de su mal carácter y de su expulsión del instituto, ya no le quedaron dudas. La sombra de la Bestia lo acosó el resto de la noche, porque temió que se apareciera de un momento a otro y ahí mismo se desatara una guerra. El tipo ya tenía a Claudio entre ceja y ceja sin razón aparente, pero si encima veía a su hermana con él, las cosas podían ponerse negras.

–Es lo que hay que evitar –dije yo, creo que por décima vez–. Ya bastante tiene Claudio con lo del padre.

En realidad, Claudio solo sabía la parte de los problemas de salud de José y su estadía en el hospital, pero no habíamos llegado a contarle lo de los tipos que vinieron a buscarlo. Habíamos pensando hacerlo varias veces, pero las cosas no dejaban de complicarse y no tuvimos coraje de agregar una nueva preocupación a su lista.

Lo que empezamos a hacer Sergio, Mariana, Fernando y yo fue caer por casa de Claudio en los momentos en que estábamos libres. Teníamos la ingenua esperanza de que si llegaba a aparecer la Bestia podríamos tratar de calmar las cosas e impedir que le rompiera el alma. O, si eso era imposible, llamar a alguien para evitar que terminara de cumplir con su objetivo.

Además, habíamos puesto a Fernando y Mariana al tanto de la otra situación, para saber cómo actuar en caso de que los hombres volvieran. Eso suena mejor de lo que era en realidad, como si hubiésemos tenido todo perfectamente organizado. La verdad es que no teníamos la más remota idea de qué hacer si volvían. Tantas vueltas le dimos a ese tema que empezamos a dudar de todo: para empezar, no estábamos seguros de si eran o no policías. Una y otra vez repasamos la situación con Sergio, pero no lográbamos recordar si ellos lo habían dicho o nosotros lo supusimos. Sabíamos, eso sí, que me habían mostrado una credencial, pero lo cierto es que yo apenas había alcanzado a echarle un vistazo y no había observado gran cosa. Y evidentemente, no llevaban uniforme. Pero aun si fueran policías, ¿tenían derecho a entrar en la casa? ¿Necesitaban la orden de un juez? Y si no, ¿quiénes eran? Después de mil horas de discusión, Fernando, agotado, preguntó qué haríamos entonces en caso de que los tipos aparecieran y Sergio se limitó a decir que cada uno hiciera lo que le saliera mejor.

Le tocó nada menos que a Mariana. Creo que hasta ahora hablé muy poco de ella y merecería que se diga un poco más, porque tuvo un rol muy importante en esta historia. Es cierto que se la ve delicada y hasta diría endeble con su cuerpo menudo y sus grandes anteojos, pero es pura apariencia. La flacura no le quita firmeza ni carácter, que eso le sobra. Y si tiene las mejores notas del curso no es porque sea empollona, como se dice acá (en mi país decimos «traga»), sino porque la chica es pura materia gris. Bien lo demostró esa tarde en lo de Claudio.

–¿*Traga*?
–Viene de *tragalibros*.
–Y luego dices que aquí usamos palabras ridículas.

Los identificó por la calle, cuando estaba llegando. Nunca supe exactamente cómo, porque ya dije que los tipos no tenían ningún cartel que dijera policías ni ninguna otra cosa, pero ella iba caminando precisamente detrás de ellos y oyó que hablaban de un colombiano. No solo eso. Según dice Mariana, hubo algo más, algo que la puso en alerta. Tal vez fue que uno de ellos era muy alto, prácticamente un gigante, y eso le recordó mi descripción. Entonces apuró el paso, se adelantó a los tipos y entró en el edificio donde viven José y Claudio. Ahí se detuvo, fingiendo buscar algo en la mochila, y observó que también los tipos se dirigían hacia ese pórtico. No dudó más y se lanzó en una loca carrera tres pisos hacia arriba que desembocó en el departamento de Claudio, donde en ese momento él y su padre se disponían a comer unas arepas con queso recién hechas. Por supuesto, les resultó un poco extraño verla llegar así, sin aliento, pero por delicadeza no preguntaron nada y simplemente la invitaron a sentarse con ellos. Fue entonces cuando Mariana les explicó su problema y no en vano digo que la chica es puro cerebro, porque hay que tener en cuenta que todo esto lo pensó en unos pocos minutos: dijo que acababa de cruzarse por la calle con un ex novio que iba con un amigo. Que se trataba de un chico con problemas y que bebía demasiado, al que ella había dejado. Y que temía que la estuviera siguiendo. Entonces, si llegaban a tocar a la puerta ahora, lo que había que hacer era ignorarlos, porque con el asunto de la bebida y todo podían ponerse muy violentos. Y así, como si nada, se puso a comer las arepas, mientras José y Claudio la miraban azorados, porque evidentemente toda esa historia no cuadraba demasiado con la imagen de Mariana, tan seriecita con sus anteojos y su cara de estudiosa. Entonces empezaron a tocar el timbre y ella insistió con que no fueran a abrir mientras preguntaba de qué estaban hechas esas arepas que sabían tan bien. Cada vez que Claudio vuelve a contarlo, ahora que sabe todo y que ya nos insultó varias veces porque no le dijimos la verdad desde el primer momento, no puede evitar que se le salten las lágrimas de la risa recordando la situación: él y su padre sin saber bien qué hacer mientras los dos tipos afuera se pegaban al timbre y luego la emprendían a golpazos contra la puerta y Mariana como si nada, que si las arepas llevaban harina de trigo o no, que si podrían pasarle la receta porque estaban absolutamente deliciosas.

Cuando parecía que los tipos estaban por echar la puerta abajo por la furia con la que golpeaban, se oyó una voz en el pasillo. Algún vecino muy enojado les gritó que se callaran de una vez, que era hora de descanso y que si no iba a salir a su encuentro. Entonces se hizo un silencio y luego se oyó claramente:

–No vas a poder escaparte. Nos vamos a encontrar muy pronto.

Dice Mariana que Claudio y José la miraron como compadeciéndose con los ojos, pero sin poder decir nada.

Un rato después, cuando los tipos finalmente se habían ido, José se puso serio, apoyó una mano en el hombro de Mariana y le preguntó solemnemente (aquí siempre es ella la que se tienta al recordarlo):

–Muchacha, ¿sabe su familia con qué clase de gente anda?

«Lo único que me falta ahora –dice ella que pensó– es que José, con su buena voluntad, llame a mis padres y yo termine explicando en mi casa que en verdad el ex novio bebedor no existe, pero que los que golpeaban como enloquecidos eran policías, o vete tú a saber qué matones, a los que no deseaba dejar entrar.» Eso y crucificarse era casi lo mismo.

Por suerte, los ojos de buena de Mariana bastaron para convencer a José de que andaba por el mejor camino y que si había dejado al muchacho en cuestión era porque sabía qué compañías le convenían. Terminaron el día íntimos amigos, cambiando recetas y recordando canciones viejas. Más tarde José se ofreció a acompañarla a la casa, por las dudas de que esos muchachos estuvieran esperándola en algún lado. Además, ya veía venir que esa noche tampoco iba a poder dormir porque, le dijo cuando ya Claudio no podía oírlos, los problemas lo tenían a mal traer: aun con los dos trabajos que lo agotaban cada día, el dinero no alcanzaba y las deudas lo estaban ahorcando. Sin papeles solo se conseguía ese tipo de trabajo, donde la paga era mala e irregular. No era tanto la caída de su nivel lo que le provocaba pesar, le dijo, teniendo en cuenta que él en Colombia era profesor de escuela y aquí tenía que contentarse con trabajar en restaurantes o aparcar coches. No, lo peor era la incertidumbre. Que de pronto un día te dijeran que mandaras a mudar porque ya no te necesitaban. Y a empezar otra vez.

–Los médicos me dicen que tengo que distraerme y pensar en otras cosas para no arruinar mi salud, pero, mi niña, no es que uno le diga a su mente váyase para otro lado que aquí no la quiero, ¿no?

A quien también le costaba ordenarle a su mente para dónde ir era a mi mamá. En teoría, nuestra situación era buena. En fin, es buena. Mi padre, que es ingeniero, vino con un trabajo ya acordado desde Argentina en una empresa. Y mamá consiguió un empleo de medio tiempo en una editorial. Con los papeles no hay problemas: tenemos la nacionalidad española gracias al santo de mi abuelo. Se entiende que lo de santo no es en serio, pero así lo recuerda mi padre. Siempre dice: «Qué sería de nosotros si no fuera porque mi viejo era español. ¡Santo gallego!».

Pero volviendo a mi mamá, aunque ella no me lo dice, yo veo que la distancia con mi hermano la afecta mucho más de lo que quisiera reconocer. Cuando en

Buenos Aires él dijo que a los 20 años tenía derecho a decidir dónde vivir y dónde estudiar su carrera universitaria, a mis padres les pareció sensato. Pero ahora a mamá la sensatez dejó de importarle, lo que no sabe es dónde poner la tristeza. Porque puede soportar relativamente bien estar lejos de los amigos y familiares, pero lo de Bruno es como un nudo en el estómago que no se le desata. Los días en que llegan sus *mails* son fácilmente reconocibles en casa porque aparecen pañuelos de papel mojados por todas partes. Pero si pasan muchos días sin que haya *mails*, entonces también uno lo nota, solo que esta vez las señales están en la cara de mi madre, que se va frunciendo como si algo le hubiera caído decididamente mal.

–¿Él no va a venir nunca?

–Mis padres están planeando comprarle un pasaje para que venga a pasar Fin de Año con nosotros. Los oí hablar hace dos noches, cuando creyeron que yo dormía. Piensan que si le gusta Madrid quizás puedan convencerlo de quedarse.

–¿Y tú?

–¿Yo qué?

–Si has hablado otra vez con ellos de volver o no.

–No. Creen que me olvidé del acuerdo que hicimos porque tengo amigos y salgo más. Pero no me olvidé.

–¿No?

–Igual no quiero hablar de eso.

–Tampoco de eso. Vale.

–Cuando decís «vale» me hacés recordar a mi amiga Valeria, que está en Buenos Aires. La extraño.

–Si prefieres, no lo digo.

–No estaría mal.

9

Yo nunca me sentí realmente asustada por el grupo de la Bestia. Bueno, tal vez sí la primera vez, pero poco a poco me di cuenta de que eran pura apariencia. Algo de eso me explicó Claudio un día que íbamos caminando hacia el metro y vimos una palabra escrita con aerosol en una pared. Fernando levantó su mano y la señaló: «inmigrantes».

Solo eso. Estaba escrita en negro y era evidente que alguien había llegado después a tapar con brocha algo que la precedía. Se había producido una especie de guerra silenciosa en la pared, y el asunto no llevaba allí más de uno o dos días, porque de lo contrario tendríamos que haberlo visto antes. Empezamos a especular qué sería lo suprimido. Fernando dijo que sin duda la palabra tachada era «Fuera». Es decir, fuera inmigrantes, váyanse, no los queremos. Claudio, más inclinado al humor, se dedicó a elaborar otras teorías.

–¿Y por qué no pensar que alguien quiso poner «Vengan, inmigrantes»? ¿O «Bienvenidos, inmigrantes»? ¿O tal vez «Reprodúzcanse, inmigrantes»?

Terminamos riéndonos. Yo dije que de todas formas no me gustaba que alguien me mandara a mi casa. Distinto era que uno se quisiera ir. Fue cuando Claudio se puso a elaborar su teoría.

–Todo esto es de cierta forma una puesta en escena –dijo–. A estos que hacen pintadas les gusta parecer más malos de lo que muchas veces son. El otro día vi a uno del grupo de la Bestia en el supermercado –agregó–: iba con la madre, vestido muy normal, recién bañado. Con el pelo aún mojado, la camisa blanca y la bolsa de la compra, parecía tan buen chico que daban ganas de darle caramelos. Cuando me vio desvió la vista para otro lado.

La teoría de Claudio era que este grupo necesitaba de ese aspecto de *skinhead,* esos pelos cortos y ese aire un poco malvado para darse corte de perros feroces, cuando en verdad no eran más que cachorros. Era cierto que habían dado algún que otro golpe, y sembrado su entorno de escupitajos y empujones, pero fuera de unas botellas rotas y algún ojo morado, la cosa aún no había pasado a mayores.

Todo eso era real. Igual, no cambiaba el hecho de que para Claudio las cosas con la Bestia no pintaban bien y él era de lejos el que estaba más loco del grupo.

–¿Pero Macarena te gusta? –pregunté yo, porque él nunca había llegado siquiera a mencionarla.

Claudio se encogió de hombros, como si eso no tuviera importancia. Lo que ahora lo obsesionaba, dijo, era cómo zafarse del enredo en el que estaba metido. Había estado pensando, pero no encontraba la salida. Es que el problema parecía ser insoluble por tres motivos. El primero era que la Bestia lo odiaba desde hacía tiempo por cuestiones difusas: tal vez porque era colombiano, o porque tenía muchos amigos, o solo porque nunca había caído en sus provocaciones. El segundo era, evidentemente, Macarena:

con ella el asunto ya se había vuelto personal. Si la Bestia se enteraba de la relación, sin duda iba a creer que él quería engancharse con ella y no al revés.

–¿Y el tercer motivo?

–El tercer motivo es que al tipo se le han escurrido todas las neuronas por algún lado y es absolutamente imposible razonar con él. De modo que si lo vemos lo mejor es correr.

Por suerte no lo vimos. No al menos ese día.

Fernando fue convocado una vez más a tocar con el grupo, esta vez en un lugar más importante. Lo contó con un aire resignado, como si este moderado éxito de la banda fuese una incómoda piedra que debía tolerar en su zapato. Le dijimos que volveríamos a ir, suponiendo que nuestra presencia servía para algo. A Claudio se le ocurrió en esos días llevar a su padre a la siguiente presentación, para hacerle olvidar durante un rato sus infinitas preocupaciones. En una de las visitas al hospital, él mismo había oído al médico insistir en la necesidad de que distrajera su cerebro de tanta obsesión por el trabajo y los papeles. José, sin embargo, se negó: dijo que los chicos debían salir con chicos, los adultos con adultos, y nada de mezclas. Creo que esa fue la primera vez que Sergio habló de Adela.

Pero tal vez me estoy adelantando porque eso fue después. Fue el día de mi cumpleaños, cuando yo andaba de un humor de perros. Antes para mí los cumpleaños eran días luminosos, días en que me levantaba con esa sensación de mariposas en el estómago que anuncia cosas buenas en camino. En este cumpleaños, en cambio, todo fue distinto. Mis padres me abrazaron a la mañana y prometieron un festejo nocturno porque tenían una jornada llena de ocupaciones. Cuando la puerta se cerró detrás de ellos, sentí que se abría para mí un día extraño. Cumplía dieciséis años y estaba más sola que un caracol. En el colegio nadie me dijo una palabra. Por supuesto que yo no había avisado, pero se supone que los amigos deberían saber cuándo es el cumpleaños de uno, o para qué diablos son amigos. En un momento intenté vencer mi orgullo y contárselo a Mariana, pero me interrumpió porque le dolía la cabeza y se fue a buscar una aspirina. Nunca volvió a preguntarme qué quería decirle. Pensé entonces que iba a soltarlo sin darle demasiada importancia cuando caminara como siempre con Claudio y Fernando hacia el metro y tal vez surgiera la idea de tomar algo juntos. Pero me retrasé un poco en el baño al salir y al llegar a la puerta no los vi. Me quedé esperando un buen rato hasta que tuve que resignarme a lo evidente: se habían ido sin mí. Me sentí horriblemente desgraciada. Así debía lucir, porque Sergio, que salió aún más tarde que yo del instituto, me vio y dijo que parecía un perro abandonado por su dueño. Aproveché para descargarme con él, como si fuese el culpable de todos los males del planeta. Le dije que odiaba Madrid, que los españoles eran espantosamente fríos y que no veía el momento de volverme a la Argentina. Tengo que decir que encajó el asunto bastante bien. Me miró intrigado, dijo que yo parecía tener un mal día y que lo único que se le ocurría de momento era invitarme a compartir la comida a lo de su tía Adela, aunque no sabía si era la mejor elección para cambiar mi idea sobre los españoles.

–No, gracias –le dije–; solo falta eso para terminar de arruinar mi cumpleaños: comer con tu tía.

–¿Cumpleaños? Así que ese es el motivo. ¿Y por qué no has dicho nada?

–¿Y por qué no preguntaste?

Sergio se rió y sacudió la cabeza.

–Creo que mi tía Adela te va a encantar. Está casi tan loca como tú. Vamos.

De modo que ese día la conocí a Adela.

–En realidad, yo no estaba nada seguro de llevarte.

–¿Por qué?

–Es que mi tía a veces me hace sentir incómodo. Pregunta demasiado.

–A mí me cayó bien desde el primer momento.

La familia de Sergio se divide en dos sectores: el rico y el bohemio. Tal vez estoy simplificando un poco las cosas, pero básicamente es así: del lado de la madre –y la abuela, por supuesto– tienen mucho dinero y son sumamente elegantes. En cambio, del lado del padre tienen menos dinero y la elegancia no parece interesarles demasiado. Lo que les importa son las artes. A ese lado pertenece Adela. Sin embargo, la principal característica de Adela reside en otro aspecto: en que se enamora cada dos por tres. Por eso, aunque es bastante joven –es la menor de siete hermanos y aún no cumplió los 32–, ya lleva cuatro matrimonios. Y aspira al quinto, porque los cuatro acabaron en divorcio. Es decir, que se enamora y desenamora con bastante facilidad. Todo este asunto de las repetidas bodas le resulta bastante divertido a un sector de la familia y bastante irritante al otro. Es fácil adivinar a cuál.

Pero además de enamorarse y desenamorarse, Adela toca el violín en una orquesta. Y le interesa casi todo lo que tenga que ver con la música. Por eso, cuando caminábamos hacia su casa, Sergio me dijo que había pensado en invitarla al concierto de la banda de Fernando de manera que Claudio pudiera convencer a José de que no iba a ser el único adulto presente.

La conversación se interrumpió porque en ese momento Adela abrió la puerta y me abrazó como si en lugar de verme por primera vez fuese mi propia tía. Sergio había llamado por el camino para avisar de que iba con una amiga que cumplía años y ella había imaginado quién sabe qué, pero lo cierto es que había alcanzado a bajar a toda velocidad a la pastelería para comprar una torta de frutillas, lo que acá sería una tarta de fresas. Esperó el tiempo que consideró suficiente para que intimáramos –creo que no fue más de una hora– y entonces lanzó la pregunta que tenía en la boca desde el mismo minuto en que entramos a su casa:

–¿Sois novios?

–¡No! –dijimos los dos al mismo tiempo. Se lo repetimos varias veces para que no hubiera dudas y le explicamos también varias veces que yo me encontraba ahí sencillamente porque éramos amigos y estaba sola en el día mi cumpleaños, pero vaya a saber si lo creyó. A juzgar por las luces en sus ojos, yo diría que no.

Pero quisiera que quede claro que Adela es fabulosa. Gracias a ella, y a Sergio, mi día de cumpleaños mejoró considerablemente. Cuando salí de su casa me sentía mucho más liviana. Tomé el metro y, al salir, pasé por un local de internet para revisar mis *mails*. Tenía nueve mensajes de felicitación de mis amigos de Argentina, mis primas y mi hermano. Ese tipo de mensajes llenos de caritas que sonríen, músicas ridículas y muñecos que saltan y agitan carteles de feliz cumpleaños. Cuando los vi, se me cayeron las lágrimas y mojé el teclado.

–¿Mojaste el teclado?

–Sí.

–¿Y no te dijeron nada en el local?

–No. Tal vez están acostumbrados a que la gente moje los teclados cuando lee. Digo, los que extrañan.

10

Unos días antes del concierto lo vi a Fernando bastante más callado de lo habitual, que para él significa prácticamente estar mudo. Cuando caminábamos por la calle me dijo que los números lo estaban matando. Tardé en entender que se refería a las Matemáticas: lo que lo mataba era la necesidad de sacarse una nota alta en el examen que teníamos en dos días más, porque en la anterior le había ido horriblemente mal.

–Si no saco una buena nota en esta, suspendo Matemáticas, y eso me viene fatal para mis planes de irme a Ecuador –me dijo.

Lo invité entonces esa tarde a casa, porque pensaba dedicarla entera a estudiar para la prueba y, aunque no me considero ninguna Einstein, tampoco me va tan mal. Más allá de las Matemáticas, la tarde estuvo bien. Para mí, al menos. No es fácil saber qué piensa Fernando. En algunas ocasiones, cuando trato de acercarme a él, tengo la sensación de que entre nosotros hay una soga, pero yo tiro y tiro y todo lo que consigo es rasparme las manos, mientras él sigue allá lejos, con su cara de estatua.

–Y si no lo logras tú, que haces hablar hasta a las piedras, nadie lo logra.

–Otra vez con lo mismo.

–No, de verdad, es que eso de hablar a ti se te da muy bien.

En general él se limita a mirar, con esos ojos negros e indescifrables. A veces creo que, en el fondo, lo suyo no es más que una irreductible timidez, una incapacidad de achicar las distancias que lo separan de los demás. Pero otras veces me parece ver en el fondo de su mirada un dejo de satisfacción por preservar ese espacio misterioso al que nadie puede entrar.

Ese día, sin embargo, a fuerza de insistir me enteré de algunas cosas de su vida. Por ejemplo, que había estado trabajando en el reparto de volantes callejeros para sumar algún dinero. Cuando pregunté por sus padres, todo lo que contestó fue que trabajaban casi todo el día y se veían poco. Aunque cada tanto, tal vez un domingo, la madre preparaba *hornado,* una comida con cerdo, y la casa tomaba olor a Ecuador. Me pareció que eso le gustaba.

Casi al final me contó que tenía un hermano del que nunca había hablado, Martín, el más pequeño de todos, al que habían dejado en Ecuador con los abuelos porque era apenas un bebé cuando vinieron. Pensaban traerlo después, cuando estuvieran instalados y con trabajo, pero entonces impusieron la visa y ya fue imposible. Martín era otro de los motivos por los que se quería volver. Si seguían sin verlo, me dijo, pronto no lo iban a conocer.

–Entonces –pregunté yo, que recién empezaba a entender lo que significaba la cuestión de los papeles y las dificultades para entrar y salir del país–, si te vas ya no vas a poder volver.

–Será difícil.

–Y tampoco tus padres van a poder ir a visitarte.

–Si no cambian las cosas, no. Pero tal vez todo mejore y consigan los papeles. Entonces podrían ir.

–¿Y qué pasa si te arrepentís?

–No me voy a arrepentir.

Al fin llegó el viernes del concierto. Ese día, Fernando parecía un robot de juguete. Caminaba por el instituto lento y tieso, como esos muñecos a los que les falla la batería. La tarde anterior, los otros integrantes de la banda le habían contado que si las cosas salían bien los contratarían para otras dos presentaciones y la noticia lo había dejado en ese extraño estado. Yo le deseé suerte cuando salimos, pero ni siquiera me dijo gracias: apenas movió la cabeza ligeramente, como si dudara de que la suerte le viniera bien.

Sergio, Mariana y yo habíamos quedado en encontrarnos para ir juntos. Claudio, en cambio, dijo que iba a ir con su padre, que al final había aceptado acompañarlo. Y al parecer Adela también iría, pero por su cuenta. Fue ese día cuando oímos hablar por primera vez de este proyecto. Íbamos en el metro y Sergio se puso a ojear un periódico que alguien había dejado abandonado en un asiento. De pronto leyó en voz alta:

–«Historias reales en Madrid».

Mariana y yo lo miramos. Entonces cortó un pedazo de hoja y nos lo pasó.

–¿No es como para nosotros? –preguntó.

Primero lo tomó Mariana. Se rió y me lo pasó a mí. Yo también lo leí y le dije que estaba exagerando, que lo nuestro no iba a parecerle a nadie tan extraordinario. Claro, sonrió Sergio, no era más que una broma. Yo no sabía qué hacer con el papel y entonces me lo guardé en el bolsillo del abrigo. Ahí lo dejé, olvidado. Pude haberlo tirado varias veces y entonces esto no habría empezado, pero no, quedó junto a un billete usado de metro y a un barquito hecho con el papel de un chocolate, esas cosas inservibles que yo guardo en mis bolsillos porque nunca encuentro un cesto en el momento apropiado.

A la banda se la vio un poco asustada en un principio. Tal vez fue la amplitud del local, o la cantidad de gente. Los primeros dos temas salieron sin gracia, como si el susto les hubiera entumecido las manos. Lentamente, sin embargo, fueron entrando en clima, el público se entusiasmó y el recital terminó siendo un éxito. Al menos eso me pareció a mí, que de música no entiendo gran cosa. Pero los demás coincidieron y cuando se nos unió Fernando, con cara de quien se ha quitado varios kilos de encima del puro alivio, recibió una ovación de la mesa. Sonrió, y creo que no le había visto una sonrisa en la última semana.

Nos quedamos hasta tarde esa vez. La estábamos pasando lo más bien, muertos de la risa con alguna historia disparatada de las que suele contar Claudio. Para ese momento Adela se había ido, porque dijo que debía madrugar al día siguiente, y también José, ya que cuando ella se levantó consideró que era mejor dejarnos solos «a los niños», para que nos divirtiéramos un poco. Nada permitía imaginar lo que se venía.

Claudio estaba en lo mejor de la anécdota, que se trataba de un tipo gigantesco que había conocido en Colombia, un tipo que medía dos metros veinte y que cada día para ir a trabajar debía meterse en un auto minúsculo en el que no le entraban las piernas. Estaba describiendo con todo detalle cómo encajaba el trasero primero para después replegarse como un acordeón, cuando Sergio miró hacia la puerta y puso una cara extraña, una de esas caras que no anuncian nada bueno. Seguimos su mirada y vimos que acababan de entrar Luisa y Macarena y estaban echando un vistazo general. Todos nos sentimos un poco incómodos, porque habíamos acordado evitar que se enteraran del recital para ahorrarnos problemas. Por eso, cuando finalmente nos encontraron y se acercaron, nadie supo qué decir y nos quedamos mirándolas con las caras vacías. Fue Mariana al fin la que rompió el silencio riéndose y las invitó a sentarse. A nadie se le escapó que Macarena eligió la silla que había dejado José, junto a Claudio. Ni que esa noche parecía haberse arreglado para estar más abrumadoramente linda que nunca.

–Parece que nos perdimos tu presentación. No estábamos enteradas.

La frase helada de Luisa fue dirigida a Fernando, aunque era evidente que el mensaje iba para Sergio. Pero la insinuación pasó de largo, sin que nadie la recogiera, y Claudio se puso a contarles cuáles habían sido los mejores temas. Al rato estaba cantando el que más éxito había logrado, solo que Claudio canta como un perro y entonces todos llorábamos de la risa en el momento en que Luisa levantó la cabeza y dijo algo así como que estábamos fregados. En verdad el ruido impidió que entendiéramos qué había dicho exactamente, pero no hizo falta que lo repitiera porque ya todos habíamos percibido esa enorme presencia a nuestro lado, una mole de grasa y odio. La Bestia. Nos quedamos mudos. No sé si fue mi imaginación, pero me pareció que todo el salón hacía silencio.

–¿Qué haces aquí? –dijo él mirándola a Macarena.

Ella se incorporó furiosa.

–No es asunto tuyo. Vete, que me avergüenzas.

–Eres tú la que debería avergonzarse por la gente con la que te sientas.

Cuando dijo eso, Sergio se levantó y en seguida lo imitó Claudio, y un instante después todos estábamos de pie. No recuerdo quién fue el que le gritó que se fuera, pero sé que la Bestia respondió lanzando un golpe con esa mano descomunal que tiene –una mano que debe de pesar medio kilo, calculo yo– en dirección a Claudio. Sin embargo, Claudio supo esquivarla y la mano fue a dar contra la cara de Mariana, sacándole los anteojos, que volaron por el aire. Ella gritó y la Bestia retrocedió un paso mientras se armaba un jaleo descomunal. A los pocos minutos se había acercado un tipo de seguridad del local, uno de esos forzudos que asustan, y nos «invitó» a todos a que nos fuéramos. Nosotros protestamos con que había sido la Bestia el provocador, pero el hombre no parecía dispuesto a oír razones. Las cosas, sin embargo, terminaron dándose vuelta a nuestro favor porque alguien del lugar reconoció a Fernando en el grupo, y al parecer consideraron de mal gusto echar a un músico que acababa de tocar, por lo cual hubo un único expulsado y fue la Bestia. Antes de irse nos miró y parecía a punto de vomitar odio.

–No va a quedar así –dijo, mientras lo empujaban hacia la puerta.

Pasado el estupor y la bronca que sentíamos, y una vez que encontramos los anteojos de Mariana y constatamos que solo tenía un pequeño raspón en la nariz, a todos nos invadió una sensación de desagrado y, sobre todo, un enorme cansancio. Quince minutos después nos estábamos yendo. Pero la más golpeada por lo que había sucedido parecía ser Macarena, que vio como Claudio tomaba distancia y casi no le dirigía la palabra. No sé qué esperaba, tal vez que la acompañara o le pidiera el teléfono, pero cuando nos despedimos en la puerta dividimos los rumbos: Fernando, Claudio, Mariana y yo partimos juntos y ella se fue con Sergio y Luisa en sentido contrario. La luz del farol de la puerta le dio en la cara antes de darse vuelta y me di cuenta de que estaba por ponerse a llorar.

–Exageras, no sería para tanto.
–Vos no sabés nada de mujeres.
–Eso está por verse.

11

La cercanía del peligro lo dejó a Claudio aturdido, como si él hubiera recibido el golpe que en realidad dio en la cara de Mariana. Pero no tuvo tiempo para detenerse a pensarlo demasiado porque estábamos en época de exámenes y la Literatura, la Historia y la Geografía aparecían en nuestro horizonte más amenazantes aún que la Bestia.

Tuvimos unas semanas en que apenas levantamos la cabeza de los libros. En ese tiempo me pareció que Claudio iba perdiendo cada día un poco de su habitual alegría, como si se fuera destiñendo lentamente. El viernes, después de dar el último examen, Sergio sugirió salir a celebrar. Como teníamos poco dinero, caminamos sin rumbo fijo, entrando en las tiendas a mirar discos o libros. Pensé que eso no parecía una celebración de nada, tal vez porque Claudio apenas sonreía. Y supongo que como suele ser él quien más brilla entre nosotros, verlo apagado echaba cierta sombra sobre los demás. Cuando cruzábamos un parque, nos agarró un temporal y en pocos minutos la lluvia helada nos caló hasta los huesos. Nos refugiamos en un café, ensopados y muertos de frío. Mientras esperábamos que nos trajeran un chocolate caliente, Claudio soltó su frase:

–Todo está perdido.

Me pareció un poco melodramático. Le dije que no era para tanto, ni la lluvia ni que hubiera respondido una burrada en la tercera pregunta del examen de Historia. Que la ropa se seca y las malas notas se pueden levantar. Suspiró y dijo que yo no entendía nada, que lo perdido era mucho más.

–Toda mi vida se desbarrancó.

Sergio se rió.

–¿Estás practicando para actor de telenovela? –preguntó.

La frase terminó por empeorar el mal humor de Claudio, que se encerró en un silencio empecinado. Fue solo la insistencia y el dulce tono de Mariana lo que finalmente logró hacerle hablar. Las cosas, nos dijo entonces, se le habían torcido de un modo que parecía irrecuperable. Para empezar, el asunto de Macarena, que lo ponía en la mira de la Bestia. Y luego su padre, que andaba peor que nunca.

Pensé que al fin y al cabo Macarena le gustaba. Aunque había esquivado mis interrogatorios todo lo que pudo, era evidente que la indiferencia que pretendió aparentar no había sido más que una máscara. Esta vez no se lo pregunté.

–Ella te gusta, entonces.

–Por supuesto. Todavía no termino de creerme que yo le guste a ella.

–¿Por qué?

–No sé qué pudo verme una niña así.

–No cuentes muchos detalles, que se va a enfadar.

–¿Qué detalles?

–Como que estaba mortalmente asustado ante la posibilidad de que la Bestia lo matara si salía con

Macarena. O que le compró ese horrible osito de peluche rosa y luego no se atrevía a dárselo.

–Estaba muy bien el osito. Vos sos incapaz de entender un gesto tierno.

–Mira, era ridículo. Pero lo que más le preocupaba era el otro asunto.

–¿Qué asunto?

–Lo de la denuncia. Ponte en su lugar, no era fácil.

–Es cierto, me olvidaba.

Aquel día, Claudio nos sorprendió al decir que no iba a llamarla a Macarena porque entonces las cosas se le podían poner aún peores de lo que ya eran. Ante mi cara asombrada, se vio obligado a explicar lo que en verdad le preocupaba.

–No es solo que va a querer partirme el alma. Puede intentar denunciarlo a mi padre.

–¿De dónde sacás eso?

–Una vez me lo dijo en la calle. Que iba a denunciar a todos los ilegales.

–Le gusta amenazar con cualquier cosa. Ya sabés que el tipo está completamente chiflado.

–¿Y si lo hace?

Nadie supo qué decirle. Ciertamente, la cosa pintaba mal. Pero al mismo tiempo costaba aceptar que la Bestia pudiese imponer su voluntad sobre ellos. Me pareció que Claudio no estaba del todo convencido de nada: ni de alejarse de Macarena ni de acercarse a ella. Era esa incertidumbre lo que lo ponía de pésimo humor.

Eso y que su vida era un caos. Porque después empezó a contarnos la cuestión de su padre. José estaba más raro que nunca. Esta vez el tema no era tanto su salud. Aunque aún se lo veía nervioso, lograba dormir algo por las noches, como si la ansiedad le diera un respiro de tanto en tanto. Pero ahora era otra cosa lo que inquietaba a Claudio: un comportamiento que definía como extraño. Como si le estuviera ocultando cosas, algo que nunca desde que estaban en España había pasado. José salía en horarios poco habituales y evitaba decir adónde iba. O hablaba de cuestiones de trabajo que no parecían muy creíbles. Claudio temía que se hubiese metido en algo raro, demasiado oscuro para contárselo. Además, dijo al final, estaba el asunto de la marca en la cara.

–¿Qué marca?

–La semana pasada apareció con una marca violeta arriba de la ceja, como si lo hubieran golpeado. Cuando le pregunté, me dijo que se había llevado una puerta por delante. Pero no me lo creo.

Sergio, Mariana y yo nos quedamos mudos. No quisimos ni mirarnos porque sabíamos que estábamos pensando en lo mismo: en los tipos de los que nunca le habíamos hablado a Claudio. Claro que él se dio cuenta de que algo pasaba, porque de pronto reinaba un silencio excesivo. Nos miró a los tres, como esperando.

–¿Qué pasa, saben algo ustedes? –preguntó al fin.

Tuvimos que decírselo. Fue Sergio el que habló primero, de aquel día en que ordenábamos su casa y llegaron los tipos a los que tomamos por policías. Después Mariana le contó la verdad sobre la tarde en que fingió toparse con el ex novio borracho y su amigo, y les pidió a ellos que no les abrieran la puerta aunque intentaran tirarla abajo mientras comían tranquilamente arepas de queso. Claudio se iba hundiendo en la silla a medida que lo oía.

–La embarraron –dijo al final–, tendrían que haberme avisado.

El resto de la noche nos la pasamos dándole vueltas a la situación. A él no le parecía probable que los tipos fueran policías. Tal vez, dijo, fingieron serlo para sacar información a los vecinos. Pero nunca había oído decir que policías de civil se presentaran en las casas por la noche en busca de trabajadores sin papeles. No, debía de ser otra cosa, susurró, y por sus ojos pasaron sombras. Que su padre se hubiese metido en algo raro.

–¿En qué sentido raro? –preguntó Mariana.

–Raro, peligroso.

Creo que todos pensábamos cosas que no queríamos decir y Claudio terminó por darse cuenta.

–Oigan –dijo de pronto–, no se vayan a imaginar que ahora mi padre es un mafioso o algo así. Yo lo conozco bien. No cambió, es buena gente. Solo que está muy nervioso.

–Lo que tienes que hacer –dijo Mariana– es preguntárselo directamente.

–¡Pero si eso ya lo hice! –contestó él perdiendo la paciencia–. Tú no lo conoces, lo último que él quiere es que yo me preocupe. Entonces me oculta todo lo que pueda ser causa de inquietud. Me dice «ocúpese de sus estudios, que está todo bien».

No sé por qué terminamos acordando que al día siguiente iríamos a lo de Claudio a verlo a José. Mirándolo bien, no había nada que nosotros pudiéramos hacer para mejorar su situación, pero creo que fue lo único que se nos ocurrió decir para no quedarnos callados. Cuando llegamos, ese sábado, yo ya me sentía incómoda, con ganas de buscar una excusa e irme.

Nos abrió la puerta el propio José, que evidentemente se preparaba para salir. Llevaba una camisa blanca impecable e intentaba domar su pelo con un peine mojado.

Era verdad que se lo veía raro, al mismo tiempo nervioso e ido. No contestó a una pregunta que le hizo Sergio, como si no hubiera oído, y luego se la quedó mirando a Mariana unos minutos antes de reconocerla. Cuando estaba en el baño, Claudio nos contó en un susurro que había dicho que tenía una cita por un posible trabajo. Sonaba raro, un sábado a la noche.

Nos miramos esperando que alguien sugiriera qué hacer. No recuerdo bien de quién fue al fin la idea, pero todos la aceptamos. Íbamos a seguirlo. Al contarlo todavía siento un poco de vergüenza, pero en aquel momento nos pareció que no había otro camino posible.

Dejamos que saliera y unos segundos después partimos nosotros. Habíamos decidido mantener una prudente distancia para que no nos viera, pero si accidentalmente lo hacía, entonces diríamos simplemente que estábamos yendo al cine. Sin embargo, nada de eso sucedió. Estaba completamente abstraído en sus pensamientos y parecía no sentirse muy bien. Se pasaba una y otra vez la mano por el pelo, como para alisárselo, y en una oportunidad se detuvo un momento y se frotó el estómago, me pareció a mí que con un gesto de dolor. La caminata, nos resultó evidente en seguida, se dirigía hacia el metro: la estación más cercana a la casa de Claudio está a unos diez minutos. Conversamos qué hacer y decidimos entonces que esperaríamos a que entrara y luego subiríamos en el mismo tren, pero un vagón más atrás para que no nos viera. Hasta ahí, todo funcionó perfectamente. Creo que ni por un momento José sospechó que alguien lo seguía.

El factor que complicó todo, sin embargo, fue el que deberíamos haber tenido en cuenta desde un principio: el centro se pone imposible un sábado por la noche. Y José iba en dirección al centro. Llegamos a ver que se bajaba en la estación Sol, pero ahí el tumulto era infernal. Yo logré seguir con los ojos su nuca lo suficiente para saber que no salía a la calle, sino que hacía conexión con otra línea. Pero ya se sabe que son muchas las que uno puede tomar allí y ninguno de nosotros pudo decir para qué lado fue, porque la multitud se lo tragó. Nos quedamos aún un rato dando vueltas por si lo veíamos, pero era como distinguir una hormiga entre millones. Cuando creíamos identificar una cabeza semejante a la de él, o una ropa como la que llevaba, corríamos hacia ese lado, y cada vez volvíamos a darnos cuenta de que habíamos perseguido la espalda equivocada.

«Como detectives somos un fracaso», dijo Sergio, pero Claudio ni siquiera sonrió. Nos quedamos un rato conversando y al final cada uno se fue para su casa. Yo hubiera preferido alargar un poco el encuentro para no volver tan pronto, pero no se me ocurrió qué proponer. La ciudad se abría inhóspita ante nosotros, que teníamos poco dinero y todavía menos entusiasmo.

Sucedía que en mi casa las cosas tampoco estaban del todo bien, sobre todo después del último *mail* de mi hermano. En realidad, el asunto no tenía ni pies ni cabeza, porque sus noticias eran muy buenas. Solo que lo que contaba no era tal vez lo que hubieran querido oír mis padres: decía que estaba de novio. Ya había tenido otras novias, pero al parecer esta vez iba en serio. Más en serio que nunca. Se llamaba Martina, la había conocido en la universidad y estaba muy feliz. Enormemente feliz, por el tono de la carta. Uno diría que una noticia así debería habernos alegrado a todos. Pero fue al revés. La primera conclusión de mamá apenas terminó de leer el mensaje fue que ya iba a ser imposible convencerlo de venir a vivir a España. Y sus pañuelos húmedos regaron la casa. Yo no sabía si me alegraba o no. Que es algo que me sucede bastante desde que llegué a Madrid: como si mirara desde afuera mis propios sentimientos y no pudiera reconocerlos. Tal vez por eso no puedo responder las cartas.

–¿No le contestaste ese día?

–Sí, le mandé un *mail* de una línea que decía: «Te felicito, Bru. Besos. Ayelén». Él me respondió con otra línea: «¿Allá te cobran por palabra? Bruno». A veces tiene gracia mi hermano.

–¿Y por qué envías mensajes tan cortos?

–No sé. No tengo ganas de escribir últimamente.

He oído decir a otras personas que se vinieron a vivir acá que al principio escribían a diario a su país y luego dejaron de hacerlo. Tal vez sea porque uno no quiere pensar todo el tiempo en lo que no tiene. A mí me pasó con Lucía, mi mejor amiga desde siempre. En Buenos Aires éramos capaces de hablar treinta veces por día: para comentar si llovía, si mis botas nuevas eran demasiado altas, si su vecino le había hablado, si el sábado íbamos al cine o a un baile o nos quedábamos en casa. Cuando llegué a Madrid, no tenerla parecía un agujero en el estómago. Las primeras semanas nos escribíamos cada dos o tres días. Pero después se me empezaron a acumular *mails* que no respondía. Sabía que a ella le molestaba, que le había dado por pensar que a mí ya no me importaba, y aun así, miraba la computadora y no me decidía a sentarme. A veces esta conducta me hacía sentir una rata, pero no por eso le escribía.

–Te has puesto un poco triste.

–Sí, tal vez. No sé si está bien que cuente esos detalles, pero si no explico las cosas tal como me pasaron, no sé cómo hacerlo.

–Va muy bien, solo que deberías acercarte ya al final.

–No, todavía hay mucho por contar.

12

Cuando volvimos a vernos, la inquietud se le había instalado en el cuerpo a Claudio. Dijo que el domingo lo había notado a su padre más raro que nunca: como si su mente vagara por otra galaxia. Que no le contestaba sus preguntas, que se quedaba mirando el infinito, que parecía atrapado por una red a la que él no tenía acceso. También le había dicho que ese lunes debía salir otra vez a las siete, por una cita de trabajo.

Tras darle muchas vueltas al asunto, había decidido volver a seguirlo para saber dónde se metía y los demás nos ofrecimos a acompañarlo. Yo imaginaba otra cosa que no me atrevía a confesar: que José estaba chiflado o, al menos, que iba por ese camino. La descripción de Claudio me había recordado las palabras de aquel psiquiatra del hospital, que nos advirtió que podía desbarrancarse. Con la presión de esos tipos acosándolo, la cordura de José tenía que estar pendiendo de un hilo. Pensé que sería bueno estar cerca en caso de que el hilo se rompiera.

Esta vez, habíamos decidido, lo íbamos a hacer mejor que el sábado anterior: pensábamos dividirnos en dos grupos, para tener menos posibilidades de perderlo. En caso de que tomara el metro, eso nos permitiría separarnos en dos vagones diferentes. Sin embargo, hubo algo que obligó a cambiar los planes. Algo absolutamente inesperado que provino nada menos que de Yáñez, la profesora de Lengua.

Lo primero que hizo al entrar a clase fue pedirles a Sergio y a Claudio que se acercaran a su escritorio. Mientras lo hacían, los dos tenían cara de estar caminando hacia su propio entierro. Es que intuían lo que se venía: en la última prueba se habían copiado escandalosamente. Yáñez solía hacernos cambiar de lugar para los exámenes y esa vez ellos quedaron providencialmente juntos. No sé quién le dictó las respuestas a quién, o si fue un trabajo conjunto, pero los exámenes resultaron idénticos.

Tuvieron que escuchar primero un discurso sobre la falta de seriedad y madurez que reflejaba una actitud como la de ellos. Luego, tal como venían temiendo, Yáñez dijo que había decidido ponerles un uno. Solo que –aquí fue perceptible la incomodidad de la profesora– había sucedido algo inexplicable, algo que nunca antes en sus treinta y cinco años de trayectoria le había pasado: había perdido sus pruebas. Al parecer las había dejado separadas del resto para volver a leerlas y decidir la calificación, pero luego se habían mezclado con otros papeles, vaya a saber cómo, y habían ido a parar a la basura. Las había buscado una y otra vez, pero no había tenido suerte.

–O tal vez tengáis un ángel de la guarda.

Eso dijo, porque tan cierto como que se habían copiado era el hecho de que sin la prueba del delito ella no podía plantarles el uno así nomás. Entonces, anunció mirándolos a los ojos, había decidido darles una nueva oportunidad. Si se quedaban después de hora ese día, se las tomaría otra vez.

–¿No puede ser mañana, profesora? –preguntó Claudio en un hilo de voz.

–De ninguna manera. Hoy tengo que entregar las calificaciones. U os quedáis o va el uno.

No hubo otro remedio.

Los planes para esa tarde se habían disuelto en el aire. Vi que la mirada de Claudio mostraba su desencanto. Sin pensarlo mucho, dije entonces que Mariana y yo podríamos caernos por su casa casualmente y ver en qué andaba José. Como para que él se quedara más tranquilo.

Creo que a ella la tomé por sorpresa, pero en seguida aceptó. Al que no pareció convencerle del todo la idea fue a Sergio, que objetó que lo hiciéramos solas: si luego había que seguirlo quién sabe por dónde... A todos, sin embargo, nos pareció que exageraba, y cuando vio la ansiedad en la cara de Claudio, Sergio acabó por dejar caer sus objeciones.

–Pero tenía razón.
–Odio que lo digas.

Tras una breve pasada por nuestras casas, esa tarde Mariana y yo nos encontramos cerca de lo de Claudio. Apenas nos acercamos a la puerta notamos algo raro: demasiada oscuridad. No es que sea una casa muy luminosa, pero normalmente hay ruido y movimiento a toda hora. Tal vez sea porque al no tener ascensor, la gente suele andar mucho por los pasillos. Pero esa tarde el lugar se veía solitario y oscuro. Al entrar nos chocamos con una mujer gorda que salía apurada y con una vela en las manos.

–Ay, niñas, que casi no las veo –dijo después de pisarla a Mariana–, ¿que acaso no saben que no hay luz?

El problema, según la mujer, que parecía ser de algún país centroamericano, era un cable de media tensión que se había cortado vaya a saber uno dónde y que iban a arreglar vaya a saber uno cuándo. Lo único seguro era que hasta entonces no habría luz ni agua porque también la bomba se había estropeado. No entendí bien por qué nos contó todo esto a nosotras, tal vez fue sencillamente que nos confundió con otras personas, ya que en esa penumbra podíamos haber sido cualquiera.

Una vez que se fue, nos miramos descorazonadas y yo dije que tal vez lo mejor sería volver a nuestras casas. Ni siquiera sabíamos si José estaba, porque su ventana, igual que las otras, se veía completamente a oscuras. Ella sugirió entonces que subiéramos y golpeáramos la puerta con cualquier excusa: preguntar si Claudio había llegado, por ejemplo. Y luego podíamos tantearlo para saber si estaba por salir. Me pareció que tenía sentido.

Avanzamos unos pasos, pero la escalera oscura nos provocó a las dos un vago malestar. De pronto recordé una cosa que podía ayudarnos y empecé a revolver en el interior de mi mochila hasta que la encontré. Me la había comprado un día mi hermano en Buenos Aires después de una pelea. Era uno de esos objetos completamente inútiles que ofrecen los vendedores ambulantes en el subte, que es como nosotros le decimos al metro: una linterna tan pequeña que apenas sirve para iluminarse los dedos o tal vez las puntas de los pies. Pero era algo. Al menos así no teníamos la sensación de estar entrando a ciegas en la boca del lobo.

Con esa pequeña luz, subimos lentamente los tres pisos, una operación que no resultaba fácil porque había que ir dando cada paso con mucho cuidado. Luego, en el tercero, fuimos tanteando las puertas hasta dar con la de Claudio, que llevaba la letra «D». Fue entonces cuando Mariana dijo que había un papel pegado.

–Una nota –supuso.

Intenté iluminarla, pero la linterna empezó a flaquear, como si la subida hubiese sido más de lo que su mínimo cuerpo estuviese dispuesto a soportar. Aun así, pudimos leer, o casi diría adivinar, una nota de José dirigida a Claudio, donde le avisaba de que, ante la falta de luz y agua, se iba a quedar en lo de unos amigos y le sugería hacer lo mismo.

–Todo para nada –le dije a Mariana.

Nos quedamos en silencio unos segundos, juntando fuerzas para bajar. La oscuridad era total, porque la linterna había decidido apagarse. Fue entonces cuando me pareció percibir un ruido a la derecha, pero no llegué a decir nada. Casi en seguida sentí el peso de una mano en mi espalda, demasiado cerca del cuello. Me di vuelta, intentando zafarme. El tipo bajó la mano, pero se mantuvo casi pegado a mí, sin dejarme lugar para la escapatoria. Saqué del bolsillo la ridícula linternita, que se encendió una vez más y alcanzó a iluminarle la nariz. La levanté un poco y entonces le vi los ojos. Antes de que la luz se apagara otra vez, lo reconocí: era uno de ellos.

El tipo soltó una carcajada.

–Eh, Coco –llamó al otro, que estaba un poco más atrás–, mira quién está aquí.

Entonces prendió un fósforo y volvimos a vernos. Al mismo tiempo, el otro, que siempre me sorprendía por su gigantesca altura, se acercó y nos quitó toda posibilidad de huida por la izquierda. Mariana me apretó la mano.

–Así que nos encontramos otra vez. Y ahora te has traído a una amiga. Dime, Coco –el tipo se volvió por un momento–, ¿no crees que José tiene unas amigas muy guapas?

Hasta ese momento no le había oído pronunciar al otro una sola palabra. Creo que por eso me sobresaltó tanto su voz de ultratumba. O de borracho engripado, quizás. Se acercó, prendió también él un fósforo y lo puso casi pegado a mi cara.

–Guapísimas –dijo.

Luego se hizo un silencio y el fósforo se apagó. A mí me dio un escalofrío.

En esos segundos pensé que si los tipos intentaban secuestrarnos, alguna persona en el edificio tenía que oír nuestros gritos. Sin embargo, no habían hecho ningún gesto que delatara sus intenciones como para que me pusiera a gritar en ese mismo instante. Decidí entonces hacer el primer movimiento. Tomé la mano de Mariana, que estaba húmeda por el miedo, y empujé al tipo.

–Nosotras nos íbamos –dije.

Pero él me agarró el brazo con tal fuerza que el dolor me subió hasta el hombro.

–No tan rápido –susurró–, todavía tenemos que hablar. Necesito encontrar a José y tú seguramente puedes decirme dónde.

–No tengo idea de dónde está –le contesté.

–Algo me dice que mientes –dijo, y volvió a clavarme sus dedos en el brazo con más fuerza aún.

Muchas veces oí decir que el miedo hace que a uno le corra un aire frío por la espalda, pero creo que a mí me sofoca, porque cuando el tipo avanzó un paso más y sentí su aliento demasiado cerca de mi cara, me di cuenta de que estaba bañada en transpiración. Intenté lanzar un aullido feroz, que se oyera a kilómetros de ahí, pero no pasó de un intento. Apenas había abierto la boca cuando me puso la mano sobre la cara con una ferocidad que me quitó el aire. Era una mano enorme, que olía a tabaco y a transpiración, y no solo me tapaba la boca, sino también la nariz, por lo que pensé que no iba a tardar más que unos minutos en desvanecerme. Alcancé a ver, o quizás lo intuí en esa penumbra, que el gigante la había agarrado de los dos brazos a Mariana para evitar que hiciera algo, pero la pobre estaba tan aterrorizada que no había riesgo siquiera de que estornudara.

–No quiero hacerte daño –susurró ahora el tipo en mi oído–. Si te vas a portar bien, te suelto.

Yo asentí con la cabeza y lentamente despegó la mano de mi cara.

–Muy bien –siguió–, ahora volvamos a lo nuestro. ¿Dónde está José?

–No sé –le dije–. Fíjese en la puerta. Escribió una nota: como no hay luz en la casa, se fue a lo de unos amigos, pero no sé quiénes son. Se lo juro.

Imagino que mi juramento sonó infantil, porque el tipo se rió. Arrancó la nota y la leyó con otros dos fósforos que casi le quemaron los dedos.

–Supongamos que te creo y de verdad no sabes dónde está. Vamos a hacer algo entonces. Os voy a dejar ir para que le deis un mensaje: que Moncho lo anda buscando. Si sabe lo que le conviene, será mejor que me encuentre él primero. De lo contrario, lo voy a encontrar yo. O tal vez os vuelva a encontrar a vosotras. Y a su hijo. Decidle eso, guapas.

Los tipos dieron media vuelta y se fueron. Mariana y yo nos quedamos a oscuras unos minutos, escuchando cómo los pasos se extinguían en la escalera. Queríamos huir de ahí lo antes posible, pero primero tuvimos que esperar a que nuestras piernas dejaran de temblar. Y eso tomó un buen rato.

–¿De verdad temblabas?

–De verdad. Como un papelito al viento. También tenía ganas de vomitar, pero eso no lo escribo porque no queda muy bien.

13

Unos quince minutos después estábamos sentadas en los escalones de una tienda. Es curioso, pero nunca logré recordar cómo llegamos ahí, por dónde pasamos ni por qué decidimos sentarnos. Simplemente sé que de pronto me encontré mirando un cartel donde publicitaban accesorios para teléfonos y eso me hizo pensar en que debíamos llamar a Sergio y Claudio para avisarles de lo que había pasado. Cuando se lo dije a Mariana no emitió ningún sonido: metió la mano en su bolso, sacó el móvil y me lo dio. Yo creía estar recuperada y marqué decidida el número de Sergio, pero al oír su voz me di cuenta de que no sabía cómo empezar.

–Los vimos –dije al fin–. A los tipos.

–¿Ayelén? –preguntó desconcertado–. ¿Te pasa algo? Parece que estuvieras resfriada.

–Resfriada no –contesté con la conciencia de que las palabras resbalaban de mi boca de una forma extraña, como si hubiera bebido–, pero tengo que contarles algo.

Terminamos haciendo una cita en un café, media hora después. Nosotras caminamos hacia allá lentamente y todavía en silencio. Recién cuando nos sentamos y pedimos dos tazas de chocolate, la miré a

Mariana y me pareció rara. Aún estaba pálida, pero no era solo eso: tenía una cara que nunca le había visto antes, como si algo le diese asco. Le pregunté si se sentía mal y me dijo que no.

–Pero creo que nunca he tenido más miedo en mi vida.

Debíamos lucir realmente desastrosas, porque Sergio y Claudio se quedaron mirándonos un rato cuando entraron al café. A mí me dio por alisarme el pelo, como si me hubieran agarrado recién levantada de la cama. Una vez que tomé el chocolate, empecé un relato minucioso. Mariana se limitó a asentir y a acompañar la historia con algunos gestos, pero aún parecía incapaz de sostener frases enteras.

Vi cómo la cara de Claudio se iba descomponiendo a medida que oía la historia. Empezó a decir que todo lo que había sucedido era por su culpa, que podríamos estar muertas, o algo peor, y todo se debía a la estúpida insensatez de mandarnos seguir a su padre. Mientras lo decía se tironeaba los dedos de las manos haciendo sonar los huesos de una manera que me resultaba particularmente irritante. Le dije que se calmara, que no había cosas peores que la muerte, y que ahí estábamos, sanas y salvas. Pero supongo que lo que lo ponía en ese estado no era solamente la sensación de habernos enviado al peligro, sino la desagradable certidumbre de que su padre estaba ligado a un mundo sórdido del que hubiera preferido no saber nada.

Una vez que terminamos de digerir la historia, el chocolate y todo lo que pidió Sergio –es notable cómo la tensión le abre el apetito y es capaz de tragar decenas de churros como si fueran agua–, nos dimos cuenta de que mientras nosotros estábamos discutiendo tranquilamente sobre los riesgos que habíamos enfrentado horas atrás, el que corría verdadero peligro en ese momento era José.

–¿Dónde puede estar? –le preguntó Mariana a Claudio.

Él se encogió de hombros. No tenía la más mínima idea, porque fuera de unos amigos colombianos, que vivían demasiado lejos como para ir a pasar la noche, José no le había presentado a nadie. Sabía que había salido algunas veces con gente del trabajo, pero eran apenas relaciones pasajeras. Yo no podía dejar de pensar que tal vez el tipo que se hacía llamar Moncho tuviese mejor información, o más imaginación que Claudio, y en ese momento estuviese tocando el timbre de la casa adecuada.

Pero a veces suceden esas cosas un poco mágicas, y como si se hubiese sentido convocado por nuestra urgencia, en ese preciso momento sonó el teléfono de Sergio y era José, para saber si su hijo andaba con él. Todos nos quedamos en silencio, escuchando la conversación ajena.

–No se te ocurra ir a casa –le dijo Claudio apenas tomó el aparato.

Fue evidente que la orden desconcertó a José, que pidió explicaciones. Claudio se enredó en una serie de confusas frases sobre los problemas que ocasionaba la falta de luz y agua, y sobre unas informaciones supuestamente trasmitidas por los vecinos según las cuales el desperfecto no se resolvería por bastante tiempo. Como al día siguiente era fiesta y no había clases, al fin acordaron una cita en el Parque del Retiro, al mediodía.

–Dijo que quiere hablarme de algo.

Claudio nos miró nervioso al contarlo, una vez que cortó la comunicación con su padre.

–Pues está muy bien –dijo Sergio–, es hora de que habléis.

Pero Claudio no parecía tan seguro de las ventajas del diálogo. Creo que tenía un miedo terrible de enfrentarse a la verdad y no lo culpo, porque a mí me hubiera pasado exactamente lo mismo.

Horas después, al abrir la puerta de mi casa, la vi pasar a mi mamá con una pila de ropa que desbordaba de sus manos: se detuvo, me miró con unos ojos completamente alterados y dijo que había estado intentando dar conmigo toda la tarde, pero yo nunca estaba disponible cuando hacía falta. Si mi madre pronuncia ese tipo de frase significa que la noche será mala, de modo que me saqué lentamente el abrigo, fui a la cocina en busca de un vaso de agua y esperé sentada hasta que decidiera contarme lo que sucedía.

A los cinco minutos volvió y largó todo: esa misma noche viajaba para Argentina. Mi abuela tenía que operarse de urgencia y alguien debía ocuparse de ella en el hospital y durante los días siguientes. El abuelo a duras penas podía hacerse cargo de sí mismo. Quedaba Bruno, pero él se sentía desbordado por la situación y pedía socorro.

–¿Y el tío Alfredo? –pregunté.

–Está en un congreso en Australia. Y ya sabés que sus ocupaciones son siempre impostergables –dijo con un dejo de fastidio–. Pero me envió el pasaje. Vos vas a tener que compartir con tu padre los asuntos de la casa: como él llega tarde, te va a tocar cocinar. Te dejé una lista para el supermercado. Él me acompaña al aeropuerto.

Asentí y murmuré apenas que iba a hacer lo posible, pero ella ya sabía que yo de cocinar, nada. Apenas alguna ensalada, puré y huevos. Me miró con impaciencia y preguntó cómo había pensado arreglarme entonces cuando pretendía quedarme a vivir en Buenos Aires con mis abuelos. Antes de hablar me dije a mí misma que si algo no me convenía esa noche era meterme en una pelea con ella. Le contesté en ese tipo de tono suave, que supuestamente se usa para calmar a las fieras, que si me hubiera quedado con mi abuela, ella hubiera cocinado, ya que ama hacerlo.

–¿Y nunca pensaste que tiene 80 años y tal vez no podía cuidarte sino que necesitaba que la cuidaras vos?

No le contesté. En parte porque me pareció innecesario y en parte porque odio darle la razón.

Después salí al supermercado. La lista de mi madre era una serie de garabatos incomprensibles que reflejaban su estado de ánimo, de modo que compré lo que se me ocurrió. En la sección de frutas y verduras elegí solo lo envasado, ya que me incomoda tener que pedirlo. Los nombres de las frutas son de las pocas cosas que aún no termino de aprender. Una vez, cuando acabábamos de llegar a España, quise ir a comprar duraznos, que es lo que aquí llaman melocotones. Pero entonces no sabía la palabra. El hombre de la verdulería no me entendía, a mí me dio una vergüenza terrible y terminé comprando kiwis, porque se dice igual, aunque en verdad no me gustan mucho.

–¿Y qué hiciste?

–¿Con qué?

–Con los kiwis.

–Los comí. Ni loca iba a decir en casa que los había comprado por el nombre.

14

Era uno de esos días tibios en que la gente siente un impulso irrefrenable por salir y sentir el sol en la piel después de soportar el frío durante demasiado tiempo. El Parque del Retiro estaba a tope y por un momento temí que no pudiéramos encontrarnos. Habíamos acordado vernos junto a un puesto de venta de bebidas a las tres y media, cuando suponíamos que la reunión entre Claudio y su padre tenía que haber terminado. A quien primero localicé en medio de la multitud fue a Mariana, absorta en la contemplación de un grupo de mujeres que practicaban una gimnasia oriental y se mantenían inmóviles en una pierna como si fueran garzas. Un poco después apareció Sergio masticando un sándwich gigantesco, algo a lo que insiste en llamar bocadillo sin tener en cuenta la contradicción entre el diminutivo y el absurdo tamaño del objeto. Pero de Claudio, ni noticias. Al principio nos entretuvimos simplemente mirando a nuestro alrededor. Al rato, sin embargo, nos invadió la impaciencia, que se fue convirtiendo primero en inquietud y luego en angustia, a medida que pasaban los minutos y Sergio se dedicaba a imaginar en voz alta todo lo que podía haberles ocurrido a Claudio y José si habían tenido la desgracia de toparse con los matones.

Mariana estaba preguntando en un hilo de voz cuánto tiempo había que esperar para presentar una denuncia policial por la desaparición de una persona en el momento en que lo vimos llegar. Venía caminando tranquilamente y me pareció a mí que cantaba por lo bajo. Cuando nos vio levantó la mano y sonrió. No había ni un atisbo de disculpa en su cara después de tenernos una hora de plantón, imaginando todo tipo de calamidades.

–No lo van a poder creer –dijo mientras saludaba.

Recién entonces percibió una sombra en nuestras expresiones.

–¿Les pasa algo? –preguntó.

Pero creo que nuestra curiosidad era superior al enojo, de modo que decidimos dejar los reproches para más tarde. Había algo evidente desde el primer instante, y era que teníamos que estar equivocados en algún punto. Porque todas nuestras especulaciones sobre tramas secretas, negocios ilícitos y oscuros personajes no cuajaban en absoluto con esa cara de placidez que traía Claudio ni con la sonrisa con que se disponía a contar la historia, como quien se prepara para desmenuzar el chisme más jugoso de una fiesta.

–No lo van a poder creer –repitió.

–Bueno –se impacientó Mariana–, dilo de una vez.

Nos habíamos sentado sobre el césped en un rincón en el que aún daba el sol. Claudio dejó a un lado su mochila y se acomodó entre Sergio y yo, disfrutando de cada segundo que demoraba en empezar el relato.

–Bien, pongan mucha atención. Las extrañas salidas de mi padre en los últimos días, las mentiras evidentes que me decía, su actitud reservada y distante... Bueno, el verdadero motivo de todo eso no era el que pensábamos. Era otro.

–¿Cuál? –gritamos a coro, ya hartos de tanto suspenso.

–Una mujer.

–¿Una mujer?

–Sí. Mi padre empezó a ver a una mujer en el último mes y no me lo quiso decir. Es la primera vez que sale con alguien en serio desde que murió mamá y dijo que no sabía cómo me lo iba a tomar; entonces prefirió ocultarme todo el asunto hasta estar seguro de que las cosas iban en serio. Hoy me lo dijo.

Claudio percibió que tomábamos la noticia con cierta indiferencia. Es decir, claro que estaba muy bien que su padre estuviera de novio, pero no era algo que a nosotros nos resultara demasiado emocionante. Entonces volvió a sonreír.

–Todavía no les dije quién es.

Esa vuelta de tuerca sí que nos tomó por sorpresa.

–¿Quién? –preguntó Sergio.

Claudio se volvió y lo miró a los ojos antes de soltar las palabras suavemente.

–Tu tía.

–¿Adela?

Todos lo observamos a Sergio con curiosidad, para ser testigos de su reacción. Al principio pareció impresionado, pero poco a poco en su boca se fue dibujando una sonrisa que terminó por convertirse en carcajada.

–¿Te ríes?

–Es que me imagino la cara de mi madre cuando le hablen de la boda.

–¿De la boda? Si todavía no había dicho nada de eso –dijo asombrado Claudio.

–¿Ves? Es que podía imaginármelo. Mi tía adora las bodas. Sobre todo si ella es la protagonista. Además, ahora que lo pienso, hacen una pareja perfecta.

Pero, espera... –por un momento se quedó pensando–, si tu padre y mi tía se casan, eso significa que pasamos a ser de la misma familia. ¡Somos parientes!

Sergio lo abrazó a Claudio y gritó:

–¡El príncipe y el mendigo en la misma familia! Mariana, tú que sabes todo, si su padre es el marido de mi tía, ¿qué seríamos...?

–Primos, es evidente.

–¡Ven, primo, vamos a celebrarlo! –volvió a gritar Sergio, y otra vez se abrazaron.

Todos nos reímos con un entusiasmo tal vez exagerado, como para espantar los fantasmas que aún estaban presentes en nuestras cabezas. Después Claudio nos contó cómo se habían dado las cosas. La relación había empezado la noche del concierto de Fernando, cuando los dos se fueron. Adela se ofreció a acercar a José en su coche y la conversación se había ido alargando en cada semáforo y había desembocado finalmente en un café. Después él tardó cuatro días en llamarla, temeroso de un rechazo, pero ella había estado esperando todo ese tiempo que el teléfono sonara. El resto había sido como si se hubieran conocido de toda la vida.

–Cuando habla de ella se le enciende la mirada –sonrió Claudio–. Está tan romántico que hasta molesta.

–Espera a oírla a Adela –dijo Sergio–. Mi tía enamorada se puede poner insoportable. Es capaz de cantar y bailar por la calle y hacerte morir de vergüenza.

Había sido de ella la idea de casarse. José, decía Claudio, se veía un poco asustado ante la celeridad de las cosas, pero al mismo tiempo feliz. Y el casamiento terminaría por resolver la cuestión de los papeles y podría conseguir un trabajo legal. Tal vez él, agregó sonriente después de un breve silencio, hasta se atrevería a invitarla a salir a Macarena, ahora que las cosas parecían empezar a enderezarse.

De pronto todo sonaba tan inesperadamente bueno como ese día de sol perfecto en el que la gente se iba sacando la ropa de abrigo para disfrutar del calor anticipado, sabiendo que en unas pocas horas el frío iba a volver, porque solo estaba dando una tregua. Igual que la otra parte de la historia de José, la más oscura, que nos estaba rondando aunque ninguno la mencionara. A mí, de tanto callarla, se me atragantó y tuve que preguntar:

–¿Y qué dijo de lo otro?

–¿Qué cosa? –Claudio me miró mientras tomaba una de las naranjadas que Sergio había ido a comprar para festejar su futura condición de primos.

–De los tipos, Moncho y el gigante.

–Ah, eso. No pude decírselo.

–¿No pudiste?

Lo miramos desconcertados.

–¿Cómo que no pudiste?

–Lo intenté, pero cada vez que me acercaba a la cuestión, él cambiaba de tema. En un momento llegué a decirle que había notado que andaba con muchos problemas, pero él simplemente me dijo que las cosas se le habían puesto difíciles por las deudas, pero que ya estaba resolviendo todo y yo no tenía que preocuparme.

A mí su actitud me impacientó.

–Claudio, esos tipos pueden estar esperándolo en cualquier lado. Se lo tenés que contar urgentemente.

–No puede esperar –agregó Mariana–. Debe ser hoy mismo.

Pero Claudio nos rechazó con un gesto de desagrado. No quería arruinarle el momento a José, que decía estar feliz por primera vez en mucho tiempo.

Y cuando a alguien le brillan así los ojos, dijo, es duro echárselo a perder con una mala noticia.

¿Qué podíamos responderle a un argumento como ese? Además, las posibilidades de que José se topara con los tipos parecían disminuir por el hecho de que se estaba quedando en lo de Adela hasta tanto se resolvieran los problemas con la electricidad en su propia casa, y eso parecía destinado a demorar varios días. Creo que para acallar nuestras protestas, Claudio terminó asegurando que iba a encontrar la oportunidad para decirle todo pronto.

Yo me fui esa tarde de allí con una extraña sensación. José no estaba loco, sino simplemente enamorado, y eso ahuyentaba la mitad de los fantasmas que nos acechaban hasta esa mañana. Pero los dos matones seguían esperándolo en algún lugar de la ciudad y estos, definitivamente, no eran fantasmas.

–¿Tenías miedo?

–Supongo que sí. ¿Vos no?

–Ahora te lo puedo decir. Yo estaba horrorizado.

–¿Por qué?

–Por la historia de José. No me digas que no, tú también pensabas que tal vez se había metido en algo muy malo, una red mafiosa o algo así. Y ahora se iba a casar con mi tía.

–Disimulaste muy bien, parecías contento.

–Es que al principio no lo pensé, de verdad estaba feliz. Pero luego, cuando estuve en mi casa, me asaltaron todas las dudas. No sabía qué hacer, si hablar con mi padre, con mi tía...

–¿Y qué hiciste?

–Nada.

–Típico.

15

En los días que siguieron, el inminente casamiento entre José y Adela desplazó cualquier otro tema de conversación. Sergio nos contó que en su familia se había producido el esperable cisma en torno al asunto. Su abuela, su madre y algunos tíos del lado del padre habían reaccionado indignados al enterarse de que Adela preparaba la quinta boda, como si la reiteración de sus casamientos no tuviese otro objetivo que perturbarlos. Pero el resto de la familia asumió una actitud entre divertida y resignada. Quién sabe, decía el padre de Sergio intentando suavizar los ánimos de los nerviosos, quizás esta vez Adelita haya dado con el novio que la haga feliz. Sus afirmaciones, sin embargo, no encontraban en el bando opositor más que resoplidos cínicos y ojos en blanco.

El novio en cuestión estaba más bien anonadado. Eso contaba Claudio de su padre: que la miraba a Adela hacer y deshacer planes con cara de susto, sin emitir demasiadas opiniones, como si no fuese más que un invitado en su propia boda. Es que la energía de ella era tan abrumadora que bastaba observarla un rato para sentirse cansado. Una vez que obtuvieron fecha en el Registro Civil, empezó a organizar el festejo en un pequeño salón cercano, y decidió la comida que servirían, la ropa que llevarían puesta y hasta las flores de los jarrones.

–¿Y qué hay del otro asunto? –le pregunté un día a Claudio, cuando ya no soportaba el silencio que parecía haberse abatido sobre ese tema.

–¿El otro asunto? –preguntó haciéndose el tonto.

Si había algo claro era que Claudio hubiera preferido no hablar de eso, pero terminó por vencerlo nuestra insistencia. Aun así, soltó las palabras de a poco, como si le costara desprenderse de cada una. Su padre había accedido a contarle algo del tema, aunque tal vez no todo. Admitió que meses atrás las cosas se habían puesto verdaderamente malas, pero se lo había ocultado a Claudio para no generarle preocupaciones. Fue cuando lo despidieron de su principal trabajo y no pudo dar en seguida con ninguna otra cosa que complementara el poco dinero que obtenía cuidando coches. Entonces dejó de pagar la renta. Fue al segundo mes cuando la situación lo empezó a ahogar, porque amenazaron con echarlos del piso si no pagaban. Sin tener a quién recurrir, había caído en manos de una gente desagradable para obtener un préstamo.

–Malos bichos –le dijo a Claudio.

Luego vino un período en el que creyó enloquecer. Los tipos reclamaban el dinero incrementado por unos intereses descomunales. Todo lo que él les daba era poco. Allí fueron a parar las cosas que Claudio creía «en reparación», como el televisor y un viejo reloj. Tampoco alcanzó y entonces le propusieron que hiciera algunos trabajos para ellos. Quiso negarse, pero en verdad no había opciones.

–¿Y qué hizo?

–Tenía que ir con uno de ellos a «presionar» a otro pobre diablo que había dejado de pagar una deuda.

Presionar significaba molerlo a golpes. Lo esperaron una noche en la calle y cuando el tipo se acercaba al lugar, a José se le empezaron a retorcer las tripas de una manera tan horrible que tuvo que salir corriendo en busca de un baño. No volvió: caminó por la ciudad histérico, tratando de encontrar alguna salida. Cuando llegaba a casa, los tipos lo esperaban en una esquina. Sin siquiera decirle una palabra, el gigante le tiró un golpe en medio de la cara. Por eso la marca violeta sobre la ceja.

–¿Y ahora?

–Ahora las cosas se están arreglando. Eso me dijo.

–¿Cómo que se están arreglando? –protesté yo–. Es evidente que no se arregló nada; si no, no habrían ido a buscarlo.

Pero a partir de ese momento Claudio pareció dar el tema por cerrado. Su padre ya había devuelto casi todo el dinero, dijo, y no esperaba más problemas.

–¿Pero le contaste lo que pasó? –insistí–. ¿Le hablaste del encuentro que tuvimos en la escalera Mariana y yo?

–No, eso no se lo pude decir.

–¿No pudiste?

Claudio me dirigió una mirada tan agobiada que pensé que tenía que quedarme un poco en silencio. Seguramente era demasiado para él. Dijo que su padre iba a angustiarse mucho si se enteraba de lo que había pasado y quién sabe si no terminaba otra vez en el hospital con una úlcera o un ataque de pánico. Finalmente, Mariana y yo estábamos sanas y salvas: para qué arruinarle la vida justamente ahora, cuando estaba por casarse.

Nosotras nos quedamos un poco perplejas, pero ya no volvimos a hablar. Si él quería creer que las cosas estaban en calma, para qué contradecirlo. Como para darle la razón, vino entonces un tiempo sereno en que todo parecía ir sobre rieles. El tema se borró de nuestras conversaciones, como si un viento se lo hubiese llevado. Y una vez que te acostumbras a la quietud, suele preguntarse si las cosas malas que pasaron eran realmente tan malas. Por eso llegó un momento en que toda la historia de los tipos empezó a parecer un cuento de fantasmas, del que no habían quedado ya ni rastros.

Un día, poco antes de salir del instituto, Macarena se acercó a Claudio y le dijo que quería hablar. Hasta ese momento, él se las había ingeniado para evitarla. Creo que aún no había decidido qué actitud tomar con ella y entonces se dejaba llevar por la inercia, es decir, que no hacía nada. Pero abordado así, de frente, no tuvo coraje para negarse y quedaron en encontrarse a la salida. A Fernando y a mí nos pidió que lo esperáramos, creo que solo porque nuestra cercanía le infundía ánimos. Desde la esquina, los vimos conversando en la escalera del frente de la escuela. A todas luces, ella llevaba las riendas de la charla. Claudio parecía bastante intimidado y se limitaba a decir unas pocas palabras y sonreír con cara de susto. Cuando se despidieron, él nos vino a buscar.

–¿Y...? –le pregunté impaciente.

Tardó en contestarme. Estaba tan nervioso que le costaba articular las palabras, pero al final conseguí que me reprodujera el diálogo con bastante precisión. De entrada, ella lo había encarado, directa:

–¿No tienes nada que decirme?

–¿Nada de qué? –tartamudeó él.

Ella suspiró.

–¿Eres un poco lento o qué? ¿No sabes que hace mucho que espero que me llames para salir? ¿O no estás interesado?

–Sí que estoy interesado –respondió él incómodo–, pero hay una cuestión...

–¿Te parezco gorda? –preguntó ella sorpresivamente–. ¿O es que te molesta que sea menor que tú?

–¿Gorda? –Claudio no creía en lo que oía–. No tienes un gramo de gorda y no me importa tu edad.

–¿Entonces?

Él se armó de valor y mencionó la cuestión del hermano. Macarena sonrió condescendiente: no tenía por qué preocuparse, dijo, ya que ella le había advertido al animal de Ricardo que no se metiera con sus amigos, y en particular con Claudio.

–¿Eso hizo?

Claudio asintió deprimido.

–Fue lo peor que podía decirle –se lamentó Fernando–. ¿Por qué lo hizo?

Claudio se sonrojó.

–Para protegerme, dijo.

–Una estupidez romántica. ¿Qué vas a hacer entonces? –le pregunté.

No contestó nada y siguió caminando con esa cara alucinada, como alguien que acaba de salir vivo de un terremoto.

–Claudio, te hice una pregunta: ¿qué vas a hacer?

–Me dio el número de su móvil. Creo que la voy a llamar para salir.

–¿Cuándo?

–No sé.

–Tenés que hacerlo pronto. Si no, se va a enganchar con otro.

–Sí... tal vez mañana.

–De modo que te has decidido –dijo Fernando–. Está muy bien, te felicito.

Claudio sonrió. Pero lo cierto es que más que contento parecía aterrorizado.

–Y tenía sus razones. Fernando y tú prácticamente lo forzasteis a decidirse, pobre.

–Si fue así, le hicimos un favor. Estaba tan bloqueado que ni siquiera se daba cuenta de lo que sentía.

–Mira quién habla. Tú nunca sueltas una palabra de lo que te pasa.

–Mejor cambiemos de tema.

16

Luego vino la época en que Fernando empezó a caer en picada. Anímicamente, quiero decir. Antes de que dijera una palabra sobre el tema, se hizo evidente porque retomó su aspecto de estatua de los primeros tiempos. Cada vez más callado y distante, más ajeno a lo que sucedía a su alrededor. Finalmente, un día se lo pregunté mientras caminábamos por la calle. La respuesta me inquietó.

–Lo que pasa es que quiero irme ya.

Lo miré extrañada porque hasta entonces se daba por supuesto que quería terminar el curso y aprobar todas las materias. Pero algo parecía haberse quebrado adentro de Fernando. Ese puente frágil que habíamos llegado a construir entre él y nosotros ya no estaba. Eso sentí yo, al menos. Como si la decisión de irse de alguna forma ya se lo hubiera llevado.

Hubo, creo, varios factores sumados para que él tomara esa decisión, pero el desencadenante habían sido los últimos llamados de sus abuelos, donde contaron que Martín no andaba nada bien. Tenía ya tres años, pero casi no hablaba y lloraba constantemente. El médico no le encontraba nada más que lo evidente: el peso de las ausencias.

Tal vez los abuelos estaban demasiado viejos para ocuparse de él, creía Fernando. Cuando su madre oía esas historias en el teléfono, lloraba y quería volverse, pero el padre se negaba. Decía que aún tenían que juntar dinero aquí y recién luego podrían volver.

–Por eso yo quiero irme cuanto antes.

No supimos qué decirle. Aún le faltaba casi la mitad del pasaje, un obstáculo que podía llevar meses. Yo sugerí hacer una colecta entre los amigos para reunir algo más, pero él me disuadió diciendo que ninguno tenía demasiado dinero y juntaríamos poco y nada.

El único que no se enteró de esa historia fue Claudio, porque andaba ido, como sonámbulo. Y la culpable era Macarena, quién si no. Finalmente se había decidido a llamarla y habían salido por primera vez. Yo me moría por conocer los detalles, pero ya se sabe que los hombres son espantosamente escuetos cuando se trata de contar cosas importantes. Dijo que habían tomado un helado y hablado un rato. Eso solo. Pero el resto se podía leer en su cara, en esa expresión entre idiota y perdida que llevaba pegada a toda hora. Ni siquiera contaba como correspondía las últimas noticias del casamiento, al que todos estábamos invitados. Conversar con él era una experiencia penosa.

–¿Van a vivir en su casa entonces? –le pregunté un día por tercera vez. No fue una buena oportunidad, porque estábamos en el patio del instituto y Macarena estaba cerca, conversando con sus amigas.

–¿De quién?

–De Adela, estamos hablando de Adela y su casa.

–Sí, solo por un tiempo, hasta que alquilen otra más grande.

–¿Pero qué te parece ella?

–¿Quién?

–¡Adela!

–Que está bien, eso me parece.

–Pero contame algo más, cómo la ves.

–¿A quién?

Uno terminaba por abandonar el intento. Así que no supimos mucho sobre la boda, apenas que habría una pequeña celebración tras la ceremonia en el Registro Civil. Habían invitado a Fernando y su grupo a tocar algunos temas, a fin de amenizar la cosa. Vaya a saber por qué, yo estaba nerviosa como si fuera mi propio casamiento. Tal vez intuía algo de lo que iba a pasar.

–Eres un poco adivina, no me cabe duda.

–Callate.

En esos días, la ausencia de mi madre provocaba un cierto caos en casa. Era la primera vez que faltaba tanto tiempo y papá y yo dábamos vueltas sin encontrar nada, completamente perdidos. Lo peor, sin embargo, fue la violenta caída en el nivel de nuestra alimentación. Mis experimentos en la cocina no tuvieron un gran resultado: pasé de un pollo sin gusto a unas albóndigas secas y demasiado saladas. Cuando papá venía temprano cocinaba él, y entonces eran siempre fideos con salsa picante. Los dos intentábamos ponerle buena cara al asunto, pero nos costaba tragar tanta porquería.

Un par de semanas después de la partida de mamá, él llamó por la tarde a casa y me invitó a comer afuera. Fue una buena idea. No sé si porque estábamos solos, o porque papá tenía uno de esos raros días en que se siente inclinado a las confidencias, conversamos más de lo habitual: de su trabajo, de las noticias de Buenos Aires, de mi abuela, de Bruno y su nueva novia, que llevaba una trenza larga y hablaba poco. Y en ese momento papá me preguntó sin preámbulos si aún quería volverme cuando se cumpliera el año.

–Pero no vayas a darme una respuesta de compromiso –advirtió–. Quiero saber de verdad lo que pensás.

–A veces sí, me muero por volver –le dije–. Pero otras veces no. Es como si quisiera irme y también quisiera quedarme. Al mismo tiempo.

Lo que había dicho era claramente idiota. Uno no puede querer estar en dos sitios al mismo tiempo. Mi padre, sin embargo, dijo que era muy lógico, y que a él le pasaba lo mismo. Solo que pensaba que nos iba a ir mejor en Madrid: quería quedarse, al menos un año más.

–¿Contamos con vos?

Sé que él esperaba que yo aceptara, que sonriera, quizás hasta que brindáramos por la decisión. Pero yo no sabía. Le dije que quería tomarme unos días más para pensarlo. No más de una o dos semanas, prometí.

–¿Y qué has decidido?

–Nada todavía.

–Ya han pasado más de dos semanas.

–Sí, pero no lo sé.

–Alguna idea tendrás. Dime, ¿qué es lo que menos te gusta de Madrid?

–Estar tan lejos.

–¿Lejos de qué?

–¿Me estás tomando el pelo? Es obvio. De Buenos Aires, de mi casa, de mis amigos.

–Pero si te vas estarás lejos de aquí, de tu nueva casa, de Madrid, de tus otros amigos.

–¿Estás intentando deprimirme?

–No.

17

Hubo algunos signos de lo que iba a pasar antes del casamiento, pero creo que estábamos todos demasiado distraídos para interpretarlos. Uno de ellos sucedió un martes, cuando salíamos del instituto. Claudio se había quedado esperándola a Macarena en la puerta, y Fernando y yo nos adelantamos. Casi en seguida los vimos. Estaban en la mitad de la calle y la Bestia sobresalía entre ellos por su volumen. Los dos nos detuvimos, pero ninguno habló. A lo lejos vimos que también nos miraban: ese típico cruce de miradas que no hace más que marcar posiciones, como dos animales que se miden antes de dar el salto. Solo que nosotros no pensábamos en saltar sobre ellos, sino en salir de ahí a toda velocidad.

–Creo que es mejor que volvamos –dije intentando mantener la calma–. Hay que avisarle a Claudio.

El regreso lo hicimos casi corriendo. Claudio estaba aún allí, hablando con Macarena, con cara de quien no se entera de que el mundo sigue girando. Cuando nos vio llegar agitados y supongo que un poco histéricos, frunció el ceño y nos dio la espalda, con la esperanza de que nos alejáramos. Pero Fernando le rodeó los hombros con su brazo y se lo dijo al oído: que no caminara por esa calle hacia el metro, porque su vida corría peligro. Por supuesto, Macarena quiso saber qué pasaba, y cuando se enteró de que era su hermano el causante de nuestra agitación, pretendió meterse en el asunto.

–Vamos juntos y no te hará nada –dijo.

Por suerte, a Claudio no le pareció una buena idea. Lo vimos dudar, porque tampoco quería pasar por cobarde frente a Macarena, pero terminó diciendo que mejor evitar un problema precisamente en ese momento, a solo tres días del casamiento de su padre. Que si iban a parar a la comisaría, las cosas se pondrían negras. De modo que terminamos haciendo un desvío eterno para llegar hasta la siguiente estación de metro sin pasar frente a la Bestia. Imagino que él se quedó allí parado, juntando odio para la próxima ocasión.

El segundo episodio tuvo lugar el jueves, un día antes de la boda. Claudio no fue al instituto porque debía ayudar a su padre con la mudanza: era fin de mes y tenían que irse ese día para no pagar la renta una vez más. También Sergio había estado colaborando a preparar los bultos hasta entrada la noche y se había quedado a dormir allí. Salió temprano hacia el instituto. Dice que la sintió por primera vez cuando caminaba hacia el autobús: una presencia.

–¿Presencia? –pregunté después, cuando me lo contaba–. ¿Qué querés decir, un fantasma?

–No, que alguien me seguía.

Era un coche verde, dijo, que avanzaba muy lentamente. Pensó que tal vez se lo imaginaba, pero cuando bajó del autobús y caminó hacia el instituto, lo volvió a sentir. Allí estaba otra vez el coche, sospechosamente cerca. Se dio vuelta para mirarlos y tal vez por eso después el auto desapareció. Pero ya llegando al instituto le pareció que tenía a un hombre casi pegado a sus talones. Terminó corriendo el último tramo, muerto del susto.

–No escribas eso, que parezco un cobarde. Además no estaba «muerto del susto».
–Tendrías que haberte visto la cara.
–Bueno, pero no tienes necesidad de decirlo así.
–Es mi versión, no te olvides.

La verdad es que dudamos de él cuando lo contó. Mariana le dijo que tal vez andaba nervioso y se lo imaginaba, lo que no hizo más que aumentar la irritación de Sergio.

–¿Quién te podría seguir? –preguntó Fernando.

Él no tenía respuesta para esa pregunta, pero insistió en que había sucedido: el coche verde iba tras él. Analizamos un rato más el asunto, pero no llegamos a ninguna conclusión y terminamos por aburrirnos.

Ese día, Mariana, Sergio y yo habíamos acordado irnos juntos del instituto porque queríamos comprar un regalo para José y Adela. En el camino íbamos discutiendo qué llevaríamos con el dinero que habíamos reunido, que no era mucho. Mariana prefería un mantel porque le parecía muy útil, y yo unas cajas chinas que no sirven para nada pero son preciosas. Estábamos en pleno debate cuando Sergio volvió a sentirlo.

–Nos siguen –susurró.

Yo miré hacia atrás y vi un coche verde que iba despacio.

–¿Estás seguro?

–Seguro, es el mismo.

Pero cuando Mariana se dio vuelta, el coche se había alejado y no volvió a aparecer. Por eso no le creímos:

–Ves cualquier auto verde y ya te sugestionás –le dijimos.

Él insistió, pero no había pruebas que lo apoyaran. Al final compramos las cajas chinas.

–Sois unas desconfiadas.

–Estuvimos mal, sí.

–Si me hubierais creído...

–¿Qué?

–Nada, supongo.

18

Contra todos los pronósticos, el día del casamiento amaneció fresco y tuve que volver a sacar mi abrigo del armario, a donde creía haberlo hundido hasta el próximo invierno. Hubiera querido quitarle un poco el polvo, pero no tuve tiempo porque tenía que salir hacia el instituto. La ceremonia sería a las dos, y lamentablemente eso nos daba tiempo para ir a clases.

A mí desde la mañana me había invadido con más fuerza que nunca ese extraño estado de excitación y nerviosismo, como si anticipara que alguna cosa importante iba a pasar. No es que yo me crea bruja, de verdad, pero esta vez sentía que ese oscuro presagio tenía que tener algún sentido.

El malestar interno, además, había irradiado sus efectos hacia afuera, por lo cual me veía decididamente mal. Mi pelo se había puesto más rebelde que nunca y le daba a mi cabeza un aspecto de pelota inflada. Tenía también unas ojeras horribles. Antes de salir, me metí en el baño del instituto e intenté mejorar un poco el desastre con peine y maquillaje.

–Era eso, entonces. Mira que eres mentirosa: te lo pregunté y dijiste que no te habías hecho nada.

–Me dio vergüenza.
–Además exageras todo, porque no estabas mal.

Cuando llegamos ya había bastantes invitados. A Adela se la veía resplandeciente. Era su quinto casamiento, pero estaba arreglada y nerviosa como si fuera el primero, con un vestido azul claro que hacía juego con sus ojos y unos zapatos altísimos. En la mano llevaba un ramo de flores blancas que pretendía tirar en dirección a su amiga Fernanda, que en las cuatro bodas anteriores no había podido agarrarlo y estaba absurdamente convencida de que por ese motivo seguía soltera. José tenía un traje oscuro, una corbata celeste y una cara de susto como pocas veces he visto. Creo que recién entonces estaba conociendo a la familia en pleno, esos primos y tías de expresión agria en cuyas miradas se leía lo que pensaban: que ya estaban hartos de los casamientos de esta mujer indecisa. Por suerte también estaban presentes algunos de sus amigos colombianos que, indiferentes al estado de tensión que reinaba, se reían con ganas de alguna broma que nunca pude conocer, mientras el sector más amargo de la familia los miraba con ojos de censura. Estaban también el padre de Sergio y Luisa, pero no su madre. Claudio, de pie junto a José, parecía tener una sonrisa de ocasión pegada en la cara mientras iba saludando uno a uno a todos los integrantes de su nueva familia. Y hasta estaba Macarena, que fue presentada no sé bien si en calidad de novia o amiga, porque las cosas todavía no eran del todo claras.

Y aun así, todo salió perfectamente bien. La ceremonia empezó a tiempo y el juez habló lo justo. Cuando dijo eso de «aceptas por esposa...», me pareció que a José le temblaba la voz, como si estuviese a punto de llorar. Adela, en cambio, se veía mucho más firme, tal vez por la práctica acumulada. Yo me emocioné en el momento del beso y sobre todo cuando intercambiaron los anillos mirándose a los ojos.

–Fue todo un poco exagerado para mi gusto. Demasiado romanticismo.

–Vos no tenés sensibilidad.

Luego vinieron los saludos en la puerta, el arroz y el lanzamiento del ramo. Adela apuntó con certeza hacia el lugar donde estaba Fernanda, pero una mujer que debía de rozar los sesenta se interpuso y lo atrapó en el aire, para desazón general. No sé si fue idea mía, pero me pareció que a partir de ese momento miraba con ojos de cariño al padre de Sergio. Después debíamos ir hasta el salón donde se realizaba la recepción, apenas a unos pasos de allí. Mientras caminábamos le dije a Sergio que me había equivocado completamente, porque mis presentimientos no se habían cumplido. No sé bien por qué, yo había temido que algo interrumpiera la ceremonia, una de esas escenas de película donde una persona entra en el momento decisivo y dice algo así como que esta boda no puede celebrarse por tal o cual razón terrible. Pero nada, todo había salido exactamente como estaba previsto. Perfecto.

A partir de entonces me relajé. En el salón, los músicos estaban montando el equipo mientras unas chicas elegantemente uniformadas empezaban a circular con bebidas y canapés. Yo, que a esa altura estaba desesperada de hambre, me apoderé de un jugo de naranja y un sándwich y me senté dispuesta a saborear la comida y la sensación de que todo estaba funcionando tan maravillosamente bien. Y fue en ese momento cuando entró Mariana con cara de espanto.

Desde mi punto de observación la vi dudar primero, como si no supiera a quién acudir, pero finalmente se acercó a Sergio y a Claudio y se lo dijo: acababa de ver a la Bestia en la calle y sin duda venía hacia el salón. La primera reacción de Sergio fue tomar el asunto en sus manos. Le pidió a Claudio que bajo ningún concepto saliera, porque iba a ir él a hablar con la Bestia para calmarlo.

Realmente creía que hablando podía frenar el desastre. No sabía que un tipo le había contado a la Bestia que había visto a su hermana muy abrazadita con Claudio por la calle, ni que luego había entrado a su casa para enterarse de que Macarena había salido espléndidamente arreglada rumbo a la boda de José. Tampoco sabía que el día anterior la Bestia había intentado prohibirle a su hermana que frecuentara esos amigos con la excusa de que era peligroso andar por ahí con ilegales y que ella había reaccionado riéndose en su cara. No sabía, en resumen, que lo que venía hacia él era una masa compacta de furia a la que ninguna palabra en el mundo hubiera podido detener.

Lo intentó. Yo llegué a presenciar parte de la escena porque cuando oí lo que sucedía salí tras él. Sé que lo frenó en la calle, justo antes de que entrara al salón, y le dijo que aquello era una celebración íntima y que por favor no se metiera en busca de problemas. Su tono era relajado y amable, pero no alcanzaba para domar a una fiera que venía oliendo sangre. Luego me contó que la Bestia se limitó a preguntarle si era él quien había cambiado lugares con Claudio para saber lo que se sentía siendo inmigrante. No esperó la respuesta de Sergio.

–Ahora verás lo que se siente –dijo.

Yo en ese momento me acercaba y vi su gigantesco puño quebrar el aire con velocidad, directo hacia la nariz de Sergio, que se tambaleó y cayó al piso. Creo que grité mientras corría hacia él, asustada porque de su nariz salía un grueso chorro de sangre. No me di cuenta de que detrás de mí venía Fernando, llevando en sus manos la guitarra que intentaba conectar cuando supo las noticias. Oí su exclamación –qué hijo de puta, creo que dijo– y al levantar la cabeza lo vi transformado: en su cara estaba toda esa furia que venía juntando a lo largo de los meses y que descargó en un golpe certero. La guitarra se rompió contra la cabeza de la Bestia.

Al tipo se le aflojaron las piernas y tanteó el muro en busca de algo que lo sostuviera. Se apoyó y de a poco fue deslizándose hasta quedar sentado en el piso, con los ojos cerrados y la boca abierta, como un pescado que busca aire fuera del agua. Lo miré a Fernando, que ahora tenía una expresión desconcertada y observaba con lástima, no a la Bestia, sino a la guitarra que había roto.

Yo había encontrado un pañuelo en el bolsillo de Sergio e intentaba limpiarle la sangre que no dejaba de salir de su abombada nariz. Recuerdo haber pensado que tal vez le iba a quedar torcida para el resto de su vida, como les sucede a los boxeadores. También pensé que debía pedir ayuda, porque no sabía qué hacer para frenar la hemorragia y Fernando se limitaba a mirar desolado la guitarra sin hablarme. Entonces levanté la vista para ver si alguien se acercaba y los vi.

Acababan de estacionar el auto verde a pocos metros de donde estábamos. Primero lo reconocí al gigante por su extraordinaria altura. El otro era Moncho, que se disponía a cerrar la puerta del coche. Algo brillaba en su mano. Un revólver, pensé.

En ese momento tuve una especie de revelación y entendí todo. Eran ellos quienes habían seguido a Sergio porque desde el principio creían que él era el hijo de José. Y ahora venían a matarlo.

Empecé a sacudirlo a Sergio desesperada.

–Levantate –le dije–. Vienen a matarte. Hay que escapar.

Él me miró con los ojos entrecerrados y dijo algo sin sentido, creo que sobre una película.

–No era algo sin sentido: yo creía que me estabas contando una película.

–¿Cómo te iba a contar una película en esa situación?

–Más extraño todavía era que me hablaras de alguien que venía a matarme.

Tuve que sacudirlo un poco más hasta que logré que se levantara y empezamos a correr de la mano hacia el salón. Creo que el gigante nos vio, porque gritó algo y también ellos corrieron. Sergio era como un muñeco que simplemente se dejaba llevar: estaba aún como en una nube cuando lo deposité en manos de su padre y le supliqué que lo ocultara. Entonces me di vuelta en busca de José. Pero los tipos habían entrado y lo habían localizado antes que yo. Ahí empezó lo peor.

La fiesta había quedado dividida en dos: una parte de los invitados no se había dado cuenta de lo que pasaba y seguían conversando y comiendo como si nada. Pero los que estaban más cerca habían enmudecido y los miraban. Se había producido un revuelo cuando entraron, porque se veía a la distancia que los tipos venían buscando problemas. José había avanzado hacia ellos con dos amigos colombianos y ahora estaban discutiendo en un rincón. No era un revólver lo que tenía Moncho en la mano, entendí recién entonces, sino un móvil. Creo que en realidad su intención no era matar a nadie, no al menos de entrada. Pero estaba decidido a cobrar la deuda a cualquier precio. Aunque yo no oía sus palabras, podía adivinarlas: José intentaba que salieran del salón y llegó a poner una mano en el pecho de Moncho, como para empujarlo hacia la puerta. No debió hacerlo. Los dos brazos del gigante lo agarraron como tenazas y apretaron. A mí me pareció oír cómo se quebraba el flaco cuerpo de José, pero debió de ser mi imaginación.

No sé por qué nadie intervino para echarlos. Todos estaban ahí parados, como si solo se sintieran espectadores de una escena ajena. Vimos que Moncho le hablaba muy cerca del oído y José empezaba a sacar unos pocos billetes doblados de su bolsillo y los ponía en sus manos. Lo mismo hicieron sus amigos, pero no alcanzaba, eso era obvio. El tipo siguió hablando y, aunque no oíamos lo que decía, en su tono se adivinaba una amenaza mientras las tenazas presionaban a José, que finalmente se dio vuelta y miró en dirección a Adela. Fue una mirada tan desolada, tan muerta de vergüenza, que creo que todos bajamos los ojos.

Durante ese tiempo, Adela había observado todo junto a uno de sus hermanos, que le rodeaba los hombros con su brazo, como queriendo protegerla. Se veía abrumada por el desconcierto, por la incapacidad de entender quiénes eran esos horribles tipos que venían a arruinar su fiesta de casamiento. Tras el gesto de José, dio unos pasos y, cuando estuvo a su lado, él le habló al oído. Ella no dijo nada, aunque sus ojos se veían tristes mientras buscaba su bolso y sacaba algo de allí. Después se acercó a dos de sus hermanos y a un primo, y les susurró unas palabras. Las expresiones de ellos fueron del estupor al desagrado, pero hicieron lo que les pedían. Los billetes pasaron a manos de Adela y después a las de José, que volvió a acercarse a Moncho. Pude ver cómo el tipo los contaba, lentamente. Después volvió a mirarlo a José y le dijo algo, pero él hizo un gesto de impotencia, como diciendo «es todo lo que hay». Moncho insistió y señaló sus manos. Creo que ese fue el momento más duro: cuando José empezó a tirar del anillo de oro que con tanto amor le había puesto Adela un rato antes. Pero no salía. Quizás le quedaba un poco chico, o quizás fueron los nervios los que lo atascaron, pero mientras tironeaba algo cambió. De pronto José levantó los ojos, lo miró a Moncho y dijo que no. Que el anillo no. Creo que todos contuvimos el aliento en el mismo instante porque veíamos venir una tragedia. El gigante puso una de sus enormes manos encima de la espalda de José y un instante después los dos amigos colombianos se adelantaron un paso, como tomando posiciones para el combate. Y en ese momento, Moncho cambió de idea. Supongo que pensó que ya tenía el dinero y el anillo no valía una batalla. Le hizo un gesto al gigante, que pareció consternado pero volvió a meterse las manos en los bolsillos. Después susurró algo en el oído de José, dio media vuelta y los dos salieron.

Yo tenía muchas ganas de llorar, pero no lo hice.

19

Poco más de una hora después, la fiesta había terminado. Una vez que se fueron los tipos, ya no hubo cómo recuperar el clima: era como si una nube negra y maloliente hubiese descendido para quedarse. La gente no veía el momento de partir y algunos lo hicieron sin siquiera despedirse de José, creo que para no mirar su cara atravesada por el pesar. Solo se quedaron unos pocos amigos, que intentaron levantarles el ánimo poniendo unos discos y saliendo a bailar. No sé si lograron su objetivo, porque nosotros nos fuimos a un parque cercano.

Hacía frío, pero ese viento helado era un alivio después del aire denso que habíamos tragado en el salón. A Sergio le habían puesto una venda en la nariz y se veía un poco ridículo, aunque curiosamente era uno de los que mantenían más alto el ánimo. El más abrumado era, sin duda, Claudio.

–El casamiento se arruinó completamente –dijo–. Quién sabe qué pasará ahora, tal vez Adela lo deje a mi padre.

–No creo –dijo Sergio–. Adela es capaz de sobrevivir a peores cosas.

Pero no resultó demasiado convincente porque todos habíamos visto la cara de disgusto con que la familia en pleno había observado a José, los saludos helados al partir y, sobre todo, la mirada de Adela, a la que se le había escapado todo el brillo.

José había tratado de esbozar una explicación de lo sucedido, pero él mismo se dio cuenta de la inutilidad de su intento, cuando nunca antes le había advertido a Adela que esos tipos venían acosándolo para que terminara de pagar una deuda que jamás se acababa, aunque ya les había dado todo lo que tenía. Tal vez si se lo hubiese dicho a tiempo, las cosas podrían haber sido distintas, pero en el último momento todo se parecía demasiado a una historia armada para salir del paso.

Claudio sentía que todo su mundo se había caído a pedazos en unas pocas horas. Y eso incluía su historia con Macarena, porque cuando ella supo que su hermano estaba tirado en la calle luego de que le rompieran una guitarra en la cabeza, había salido a llevárselo y se había despedido apenas con un saludo apurado, en el que él creyó ver un final.

–Todo se arruinó –insistió. No hubo manera de convencerlo de que estaba exagerando y seguramente Macarena reaparecería una vez que el episodio con su hermano se hubiera superado.

La otra cara fatal era la de Fernando, y tenía sus motivos: había caído en la cuenta de que la guitarra quebrada contra la cabeza de la Bestia era un instrumento valioso y que tendría que pagársela a su dueño, uno de los integrantes de la banda.

–Ahora todo el dinero que junté para el pasaje se irá en eso –dijo con una voz que parecía surgir del subsuelo y que acabó por hundir nuestros ánimos en el fondo más profundo.

Por un momento, todos nos quedamos callados. Después, Mariana miró el reloj y murmuró que tenía que irse. Preguntó si alguien caminaba hacia el metro y yo le dije que sí, no tanto porque estuviera apurada como porque ya no soportaba quedarme. Me puse a revisar mis bolsillos en busca del billete del metro, que nunca sé dónde pongo, y fue en ese momento cuando saqué el papel. Al principio no recordaba qué era ese recorte de diario viejo y arrugado. Pero entonces leí: «Historias reales en Madrid», y empecé a hacer planes.

–¿Creen que esta es una buena historia? –pregunté, y me miraron como se mira a las personas que siempre dicen algo fuera de lugar.

Pero luego fueron cambiando de idea, mientras este proyecto iba creciendo.

–Dime la verdad: ¿por qué se te ocurrió sugerirlo en ese momento?

–No sé. Al principio creo que simplemente intentaba cambiar el clima. Eso parecía un velorio. Pero después, cuando leí en el aviso que iban a convertir a la historia ganadora en un guión de televisión y que además le darían a los autores dos mil euros, pensé que ese dinero nos ayudaría a resolver varias cosas.

–Y Fernando en seguida te apoyó. Vio que ahí estaba su salvación.

–Pero yo ese día creí que al fin no lo íbamos a hacer. Por Claudio.

–Sí, se puso como loco. Con eso de que estaba mal vender la historia. Pero no era ese su problema, evidentemente. Quedó claro después, cuando dijo que escribir todo lo que había sucedido era como desnudarse.

–Algo de razón tenía, porque él iba a ser el más desnudo. Es su vida, a fin de cuentas.

–¿Y por qué aceptó entonces?

–Creo que Mariana lo convenció cuando dijo que podríamos cambiar los nombres y dejar ciertos temas de lado.

–Y no has cambiado ningún nombre.

–Todavía hay tiempo.

Hubo muchas discusiones hasta que decidimos contar la historia. Yo quise que la escribieran Sergio o Claudio, que fueron quienes echaron a rodar todo esto cuando sellaron la apuesta, pero no logré convencerlos. Creo que no solo fue porque no quieren escribir, sino porque contarlo significa en cierta forma examinar cómo y por qué sucedieron los hechos y eso es algo que no les gusta hacer. Dicen que tienen suficiente conmigo, que ando buscando el derecho y el revés de cada cosa que pasa.

Recuerdo ahora que esta convocatoria hablaba de las distintas visiones de la ciudad, y yo me pregunto cuál es el Madrid que aparece en nuestra historia. Tal vez no es uno sino muchos, porque creo que mi Madrid nunca va a ser el Madrid de Sergio, ni el de Claudio. Creo que yo todavía miro todo como extranjera y tal vez siga haciéndolo siempre.

–Ahora que pienso, no has omitido nada.

–¿De qué hablás?

–Claudio te pidió que no contaras todo.

–Sí, y eso hice: hubo muchas cosas que no conté.

–¿Como qué?

–Como el día en que se estaba besando apasionadamente con Macarena en el banco de una plaza y los vio todo el mundo.

–Es cierto. Pero has ocultado muchas más cosas sobre ti.

–¿Sobre mí? ¿Qué?

–No has hablado de cuando fuimos juntos a bailar. Ni de que me tienes esperando una respuesta.

–Soy la autora. Ya te dije que tengo derecho a contar lo que quiero. De todas formas, eso no es importante para esta historia.

–Pero es importante para nosotros.

–Creo que mejor sigo escribiendo.

–Te escapas.

–Claro.

20

La historia se acerca al final. Aunque en verdad aquí hay muchas historias y también muchos finales, no todos aún completamente cerrados. Y si bien al principio decidimos contarla en busca de una recompensa, después las cosas fueron cambiando. No es que no necesitemos la plata, pero ya no hay tanta urgencia.

–Dinero.

–¿Qué dinero?

–No decimos plata, sino dinero.

–Bueno, pero se entiende. Con la cantidad de películas argentinas que han visto, aquí ya todos saben que nosotros decimos plata.

Por supuesto que nos gustaría ganar y ver nuestra historia en televisión, aunque las cosas hayan cambiado al final. Lo que cambió fue que partió Fernando. Aún me cuesta creer que no esté porque todo fue muy sorpresivo. Al parecer, en los últimos días que pasó en Madrid hubo más llamados desde Quito; la abuela andaba con problemas y no había quién se ocupase de Martín. No sé si fue eso o el ataque de llanto que tuvo su madre, quien amenazó con volverse sola y dejar a sus otros tres hijos al cuidado de su marido. Lo cierto es que al día siguiente el padre se apareció con el dinero que faltaba para comprar el pasaje y le dijo a Fernando que se fuera y ayudara en Quito. Él no esperó: media hora más tarde, ya tenía su reserva hecha. Claro que no pudo pagar la guitarra, pero creo que prometió hacerlo en el futuro. De todas formas, el tipo tenía otra.

Me pareció triste la despedida. Fuimos todos al aeropuerto, aunque él había dicho que no lo hiciéramos. Por los nervios, estaba en su peor día de estatua: no hablaba y quería irse cuanto antes. Al final yo lo abracé y le dije al oído que entendía que se tuviera que ir, pero que me daban ganas de llorar y romper vidrios. Se rió un poco y dijo que a él también, pero mejor no lo hacíamos. Porque si empezaba a llorar no iba a poder parar.

Quedamos en escribirnos *mails*, aunque dudo mucho que lo hagamos. Él no es una persona muy inclinada a hablar y creo que menos aún a escribir. Tal vez por eso, cuando lo vi irse hacia la puerta de embarque, caminando despacio y sin volverse ni una sola vez, pensé que era una despedida definitiva. Se me ocurrió que me hubiera gustado decirle cosas que no le dije, o al menos desearle que siguiera adelante con la música. En el último momento le grité «¡suerte!», pero creo que no me oyó.

Uno de los finales que aún no termina de cerrarse es el de la historia de José. Una semana después del casamiento terminó de pagar la deuda. Claudio no sabe bien de dónde sacó el dinero, pero supone que fue Adela la que lo consiguió. Nos contó que llegó a la casa, se sentó en el sillón y le dijo que ya no debía nada. Que acababa de pagar lo último y quería olvidar todo sobre esos tipos. Borrarlos de su memoria, dijo, aunque en realidad sabía que no era posible, porque siempre iban a estar ahí, manchando el recuerdo del casamiento.

–Creí que iba a poder evitar que ella se enterara de todo eso –le explicó a Claudio aquel día–, pero fue una mala idea. A las mujeres no les gustan los secretos.

Las cosas con Adela se pusieron feas durante un tiempo. Hasta pareció que esta iba a ser la más breve de sus bodas, pero siguen juntos. Si bien ella estaba furiosa con él, después se enfureció aún más con las críticas de varios integrantes de su familia, que la llamaron cada día para sugerirle que se había casado con un tipo peligroso, algo así como un jefe de la mafia internacional, y haría bien en dejarlo. Tan irritada estaba por las estupideces que se decían, que se lanzó a defenderlo contra viento y marea. Tal vez eso los unió. Dice Claudio que ahora las cosas parecen mejor. Al menos ya no tira las flores. Porque eso hizo cuando José se apareció con un ramo de rosas un día después del casamiento: sin decir una palabra, las tomó en sus manos, abrió el cesto de basura y las tiró. Una semana después, él insistió con las flores. Esa vez fueron jazmines. Ella tampoco dijo nada, pero hundió su cara en el ramo para dejar que el perfume la invadiera y después las colocó en un jarrón. Si todo sigue así, piensa Claudio, con el tercer ramo seguro dice gracias.

–¿Sabes que consiguió otro trabajo?

–Sí, me dijo Claudio. En un locutorio.

–Desde ahí le envía a Adela *mails* románticos. Hasta poemas.

–¿Y ella qué hace?
–Por ahora no los contesta. Pero los lee y sonríe.
–¿Cómo sabés?
–Yo soy quien le enseña a usar el ordenador.

En cuanto a Claudio, se cumplió su predicción y Macarena quiso romper en seguida después del casamiento. Él se hundió en la depresión y hubo días en que no había quien soportara sus lamentos, pero ahora otra vez están juntos y, después de habernos usado durante semanas como pañuelo, ni siquiera nos contó los detalles de la reconciliación. Al menos este es un final feliz, porque se los ve enamorados.

–Eso no es algo que se vea.
–Pero sí, es que vos sos ciego.

Solo me queda por contar el final de mi propia historia, aunque tal vez más que un final sea un principio. Finalmente tomé la decisión y se lo anuncié a mi padre: me quedo.

–¿Cómo? No me lo habías dicho.
–Te lo iba a decir ahora, cuando terminara de escribir.
–Así que te quedas. ¿Estás contenta o triste?
–Las dos cosas, creo.
–Bueno, yo estoy contento.
–Gracias.
–Y ahora que te quedas, podríamos hablar.
–Sí, pero primero voy a terminar.

Supongo que en realidad siempre lo supe, pero ahora, con el viaje de mi mamá, terminé de ver lo que estaba ahí todo el tiempo: que ni ellos ni yo soportaríamos la distancia. Y además, ahora hay cosas aquí. Quiero decir, personas. No es que ya no quiera volver a Buenos Aires, pero también me quiero quedar y en algún momento hay que cerrar los ojos a alguna de las dos posibilidades, si no uno se vuelve loco. O muere de nostalgia. Una vez que lo supe me senté y le escribí un largo *mail* a mi amiga Lucía, contándole todo lo que pasó. Pedí perdón por un silencio que se hizo demasiado largo y traté de explicarle. Quería hacerle entender que no cambié, que cuando nos volvamos a encontrar va a ver que sigo siendo la misma aunque ahora diga fresas con nata en vez de frutillas con crema y cada tanto se me escape un *vale*. Que la sigo queriendo aunque me quede a vivir en Madrid. Hubiera querido pedirle que no se olvide de mí, pero no creo que eso se pueda pedir. Al final se va a olvidar.

–¿Ese es el final?
–Sí.
–Pero es un final triste.
–Ya te dije que una parte mía está triste. ¿Y de qué me querías hablar?
–De la respuesta que estoy esperando.
–Si ya la sabés.
–¿La sé?
–Sí.
–¿De verdad?
–De verdad.
–Bueno, vamos a celebrarlo, entonces. ¿Crees que podré alegrar tu parte triste?
–Podés probar.

ANDREA
FERRARI

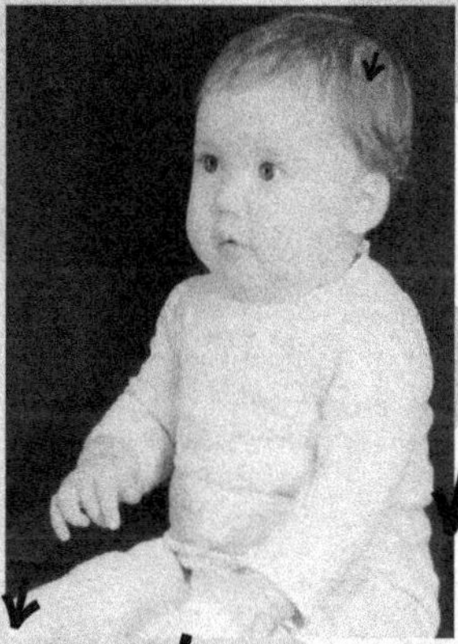

El destino tiene extrañas maneras de salirse con la suya. Lo hizo, por ejemplo, con mi nombre. Le tocaba a mi padre proponerlo, según el acuerdo elaborado tras el nacimiento de mi hermana mayor. Él no tuvo dudas: esquivó todo tipo de tradiciones y anunció que le gustaba Andrea. Y quería que fuera un único nombre.

Cuando poco después llegué al mundo –un caluroso 13 de diciembre–, fue con su nombre elegido al Registro Civil y ahí le esperaba la sorpresa: le respondieron que no era posible. Una efímera resolución impedía por entonces usar el nombre Andrea sin acompañamiento: siendo en Italia un nombre masculino, le explicaron, era obligatorio agregar otro que aclarara el sexo.

–Pero estamos en Argentina –argumentó con cierta lógica mi padre–. Y tiene cara de nena.

Se sabe que en los registros civiles son inmunes a ese tipo de razonamiento lógico. No se podía: o elegía un segundo nombre o pensaba en otra cosa.

Sorprendido, solo y sin opciones, mi padre optó por lo que tenía más a mano. Me puso de segundo nombre Elena, que es como se llama mi madre. Y también como se llamaba su propia madre y la madre de mi madre.

De modo que, sin que nadie lo planificara, me convertí en depositaria del nombre familiar. Digo esto porque ahora siento que no solo heredé de mi madre el nombre, sino también el impulso de escribir. Y sin embargo, eso no fue obvio enseguida: postergué esa elección hasta avanzar bastante en la vida.

A veces me pregunto por qué fue así. El camino estaba delante de mis ojos, como si alguien lo hubiera marcado con pintura para guiarme. Difícil encontrar un ambiente más propicio que mi casa: desde mis primeros años vi a mi madre inclinada sobre su máquina de escribir (primero) y computadora (después), de donde salieron obras de teatro y guiones de televisión. Luego estaban los cuentos deliciosos que ella inventaba para mi hermana y para mí. Y los libros, que cubrían buena parte de las paredes de mi casa, y que fueron un salvavidas para esas tardes interminables que tienen las vacaciones de la infancia.

Pero yo busqué mi camino por otro lado. No es que tampoco intentara seguir los pasos de mi padre, que era arquitecto. Un tipo muy particular, mi padre. Distraído a muerte (ese estilo de distraído que provoca la furia de los hijos olvidándose de recogerlos de una fiesta) y al mismo tiempo genial. Tal vez una cosa se desprenda de la otra, tal vez no. Es curioso que su obra más conocida en

el mundo no sea ninguno de sus edificios, sino un sillón que diseñó poco después de dejar la facultad junto con otros dos jóvenes arquitectos.

Todo el mundo ha visto alguna vez ese sillón (en el que aparezco sentada en la foto que abre la página), pese a que muchos desconocen que su nombre es BKF (por las iniciales de sus autores: Bonnet, Kurchan, Ferrari Hardoy). Y lejos de desaparecer, en tiempos recientes no ha hecho más que reproducirse. A menudo me sorprende que, tantos años después de la muerte de mi padre, siga topándome con su diseño: a veces en una mueblería, otras en la pantalla del cine o en una publicidad. Es como si, de tanto en tanto, él me mandara un saludo.

Pero, decía, tampoco elegí ese camino. Decidí en cambio ser traductora literaria, y apenas tuve el título bajo el brazo empecé a visitar publicaciones en busca de trabajo. En ese recorrido recalé en una revista donde me dijeron que solo pedían traducciones esporádicamente, pero que en cambio necesitaban alguien que les desgrabase entrevistas. Acepté porque estaba urgida de trabajo y a ese encargo se fueron sumando otros, hasta que me integré a la planta de la revista. Jamás hubiera imaginado, cuando pisé por primera vez ese lugar, que iba a incidir de dos formas decisivas en mi vida. Una, porque allí me convertí en periodista. Y la otra, porque lo conocí a Ernesto, con quien no solo íbamos a compartir varias redacciones, sino ya más de veinte años juntos y una hija.

Luego de dejar esa revista, pasé a trabajar en el diario *Página/12* desde su fundación. Ahí se desarrolló la mayor parte de mi recorrido periodístico, primero en suplementos, luego en la sección internacional, que me

permitió viajar bastante, y finalmente como editora. Uno suele echar mano a lo que conoce cuando escribe, y en mis libros yo tomé en más de una ocasión elementos del ámbito periodístico. El ejemplo más claro es *El hombre que quería recordar*, que en parte transcurre en una redacción.

En 1990 nació mi hija Valeria y eso (además, obviamente, de cambiar buena parte de mi vida) me conectó con la literatura infantil. Leí con ella muchos libros nuevos y también releí algunos que había amado en mi infancia. Al cabo de un tiempo, también empecé a escribirle cuentos. Pero no era más que un juego. En ese momento, ni siquiera imaginaba hasta qué punto me iba a atrapar esa actividad.

Fue en una conversación con Ernesto cuando decidí que quería probar suerte en la literatura. Recuerdo que tomábamos un café (lo cual es habitual en mí: la mayor parte de las conversaciones importantes van acompañadas de café) y hablábamos sobre el futuro. La pregunta que uno de los dos había hecho era si queríamos seguir siendo periodistas toda la vida. Yo dije entonces que en algún momento deseaba hacer algo diferente. Por ejemplo, escribir libros para chicos.

Creo que no lo tenía muy elaborado. Pero una vez que me oí decirlo pensé que, si iba hacerlo, lo mejor era empezar cuanto antes y escribí –o reescribí– una serie de cuentos que más tarde se convertirían en mi primer libro, *Las ideas de Lía*. Luego seguí con otros, que tardé bastante en publicar. Pero fue recién después de que

El complot de Las Flores ganó el premio Barco de Vapor cuando sentí que se abría una puerta delante de mí y tenía que aprovechar para entrar. Curiosamente, el libro que terminó de definir mi camino habla sobre un camino: el que necesita un pueblo de la Patagonia para que su vida siga adelante. Ellos encuentran su camino y yo encontré el mío.

Desde entonces, me dedico a esto.

Algunas veces, sin embargo, vuelve a aparecer la pregunta (siempre café de por medio): ¿esto es lo que quiero hacer el resto de mi vida? Y digo que sí. Siempre que pueda, claro. Porque hay un fantasma –supongo que común a la mayor parte de la gente que escribe–, y es que en algún momento se acaben las ideas. Como si fuera un pozo que un día, sin previo aviso, se puede secar. Pero mientras mire en el pozo y constate que allí sigue habiendo algo (algo que a veces sirve y otras veces se desecha, pero al fin algo con qué intentarlo), estoy segura de que esto es lo que quiero.

Entrevista a

Madrid, según se mire

Por Carmen Albert

Entrevistar a Andrea Ferrari es una tarea fluida. Aunque no hemos tenido la oportunidad de charlar directamente –ella vive en Buenos Aires y yo en Madrid, de modo que nuestra relación siempre ha debido ser virtual–, siempre he contado con dos ventajas que no son en absoluto insignificantes: su cercanía, calidez y disposición desde el primer momento en que contactamos, y la facilidad con la que se dialoga con alguien que, con su bagaje periodístico, sabe mucho más que yo en este oficio de buscar respuestas.

Andrea Ferrari

AUNQUE DIGA FRESAS es una novela que refleja con acierto la vida de muchos inmigrantes en España. ¿Cómo y por qué te decidiste por este tema? ¿Te basaste en alguna historia real?

Empecé a pensar en esta novela en medio de la última crisis económica en Argentina, cuando se fue del país más gente que nunca. Como periodista, tuve la oportunidad de trabajar bastante con este tema –investigar cuántos se iban, quiénes, por qué, adónde– y me pareció interesante abordarlo en la ficción desde la perspectiva de los adolescentes, que son quienes tienen que sumarse a ese viaje sin decidirlo y a menudo sin desearlo en absoluto. Con esa idea fui una temporada a Madrid y me dediqué a entrevistar a inmigrantes jóvenes y a quienes tienen contacto con ellos, como docentes, psicólogos y especialistas. Claro que lo fundamental fueron los chicos: pude contactarme con un número interesante de adolescentes que aceptó contar su visión del asunto. Para limitar de alguna manera el campo de investigación, me centré en tres nacionalidades: argentinos, colombianos y ecuatorianos. Claro que luego fabriqué una historia ficticia, pero las entrevistas me sirvieron enormemente para meterme en la piel de mis personajes.

En esta novela, como en otras tuyas, los personajes son adolescentes. Esta elección es una constante en autores de literatura juvenil: pongamos el caso de Agustín Fernández Paz o María Menéndez-Ponte, por aludir a algunos cercanos. ¿Qué tiene el personaje adolescente frente al adulto? ¿Crees que este tipo de personajes engancha mejor con vuestro público lector mayoritario?

«LA ADOLESCENCIA ES UNA SUERTE DE BISAGRA ENTRE LA INFANCIA Y LA ADULTEZ, DONDE TODO CAMBIA Y TODO ES POSIBLE.»

Por supuesto está la cuestión de la identificación: a un lector adolescente le resulta más fácil abordar un libro donde los personajes tienen una edad similar y viven o sienten de modo parecido a ellos. Pero además encuentro que es una época de la vida muy interesante para tratar en la ficción: una suerte de bisagra entre la infancia y la adultez, donde todo cambia y todo es posible.

El libro toca fundamentalmente el tema del contacto entre culturas, y en especial el problema de la emigración. ¿Cómo ves tú este fenómeno globalizador, del que en esta ocasión Argentina es país emisor y España receptor? Porque solía ser al revés, ¿no? Que lo digan los «gallegos»...

En los últimos años, la emigración de los países periféricos se volvió un tema complejísimo y bastante dramático, con tanta gente desesperada y capaz de lanzarse al mar en un bote precario o cruzar el desierto a pie para poder entrar en otro país. Pese a lo masivo del fenómeno (o quizás a causa de ello), las respuestas políticas resultan insuficientes y en algunas ocasiones inhumanas. El caso argentino tiene características propias: no se trata de un flujo constante, sino más bien de oleadas vinculadas a ciertos contextos políticos y económicos, como pudo ser la dictadura años atrás, o la crisis de los últimos años. Ahora se ha frenado, e incluso buena parte de los que se fueron en los años 2001 y 2002 están volviendo. Y sí, muchos argentinos se encontraron durante la crisis haciendo el camino inverso al de sus padres o abuelos europeos. Algunos vivieron como una injusticia el hecho de que, mientras sus abuelos españoles o italianos habían sido recibidos con los brazos abiertos, ellos encontraran tantas trabas para instalarse. Lo cierto es que se trataba de dos contextos históricos y económicos totalmente distintos.

Evidentemente, el de la vida de los emigrantes no es un tema nuevo en la literatura, y mucho menos en la prensa. Pero lo que sorprende desde aquí es el ángulo de enfoque. Estamos acostumbrados al discurso del español que contempla cómo a su lugar van llegando gentes de otros países y culturas, y que lo vive con espíritu solidario o con una mente llena de

prejuicios. Pero lo que no suele tratarse es la perspectiva del recién llegado, y menos el hecho de que sea este el reticente a su propia integración. Y puesto que las voces de inmigrantes son mayoría en la historia, al lector español le chocará que sus problemas de integración a veces radiquen no en los obstáculos que le plantee el nuevo medio, sino en que el recién llegado viva su integración como una insoportable renuncia. En este sentido es significativo el texto donde Ayelén expone: «... yo me sentía absolutamente inadaptada... Cada día seguía pensando en lo que no tenía: Buenos Aires, mi casa, mis amigos. Y a la noche muchas veces lloraba... A la mañana siguiente me sacaba el pijama y me ponía la cara de adaptada...». ¿Fuiste consciente de este cambio de perspectiva para el lector español?

«AHORA, CON LA TECNOLOGÍA, HAY UN CONTACTO CONSTANTE QUE HACE MÁS FÁCIL MANTENER LOS VÍNCULOS AFECTIVOS Y, PROBABLEMENTE, MÁS DIFÍCIL LA INTEGRACIÓN AL NUEVO MEDIO.»

No, creo que no. Me parece que esa perspectiva está dada por el punto de vista: lo que me propuse fue, como decía antes, contar esta experiencia desde el lado de los chicos o adolescentes que ven sus vidas brutalmente alteradas por una decisión que ellos no tomaron. Muchos se enojan y se aferran a lo que dejaron: no están planteándose cómo integrarse mejor, sino cuánto falta para volver. Por otra parte, creo que el avance de las comunicaciones cambió bastante las cosas. Hace, digamos, cincuenta años, un inmigrante prácticamente tenía que cortar amarras con su tierra. Ahora, con el correo electrónico, el *chat* y las comunicaciones telefónicas baratas, hay un contacto constante que hace más fácil mantener los vínculos afectivos y, probablemente, más difícil la integración al nuevo medio. La idea del regreso siempre está ahí.

También tu realidad literaria es la de una escritora argentina que publica –y con éxito– en España. ¿Cómo te hace sentir esta realidad?

Yo me siento una autora argentina. Y claro que me alegra que mis libros se lean en España, pero no me parece que eso cambie mi manera de encarar un proyecto literario. Quiero decir, cuando me meto en una historia, ya sea que transcurra en Argentina, en España o cualquier otra parte del mundo, estoy pensando en que funcione desde su lógica interna y no tanto en cómo va a ser leída en un determinado país. Por supuesto, luego puede haber ajustes acordados con los editores de ese país para mejorar la comprensión.

Al principio de la historia, uno de los personajes –Fernando, el ecuatoriano– increpa a su compañero español y le dice que, por mucho que quiera ponerse en su lugar, nunca podrá hacerlo realmente, porque no puede desprenderse de sus rasgos de español o de la conciencia de tener el futuro asegurado. Sin embargo, Claudio, el colombiano, intenta adaptarse y cree posible hacerlo. ¿Cuál ha sido tu percepción, al hablar con los chicos que te inspiraron la historia, de esta realidad?

En las entrevistas encontré historias y perspectivas muy diferentes, y traté de que esa diversidad se reflejara en la novela. Había chicos que se sentían perfectamente integrados y que a poco de llegar ya tenían amigos y proyectos: quizás aún añoraban algo del país de origen, pero veían su futuro en España. Otros, en cambio, no habían logrado integrarse y no creían que pudieran hacerlo. Recuerdo en particular uno, que pensaba que nunca iba a ser mirado o aceptado como en su país. Para él, la única salida posible era volverse. Creo que estas diferentes posiciones dependen en parte de características personales y en parte del mundo o la cultura de la que cada uno viene.

El problema de la integración, sin embargo, cobra tintes más oscuros cuando Ayelén cuenta la situación de José, el padre de Claudio. Para documentarte sobre este tema, ¿hablaste también con alguno de los llamados «sin papeles»? Un texto ilustrativo sobre este punto es aquel en el que Ayelén y Sergio dialogan:

«–Las cosas son bastante más complicadas de lo que pensás: José no tiene papeles porque no tiene un trabajo legal y no consigue trabajo legal precisamente porque no tiene papeles.

–Hombre, así dicho, no hay salida.

–Justamente.»

Realmente, en las familias de Claudio, Fernando, Sergio y Ayelén subyacen historias de adultos, y en el caso de Claudio, la historia de su padre podría escribirse incluso como una historia independiente, tal es su peso en el trasfondo de esta. Esta historia son muchas historias, ¿verdad?

Sí, esa era la idea: muchas historias que forman una historia mayor. Y, yendo al principio de tu pregunta, en verdad la mayoría de los inmigrantes con los que hablé (sobre todo los adultos) no tenían papeles. Participé incluso en alguna reunión en la que la gente intercambiaba ideas y estrategias para sobrevivir en ese contexto. Me pareció interesante encontrar, también en este aspecto, posiciones totalmente diferentes. A algunos, el hecho de ser «ilegales» les producía terror: vivían permanentemente en guardia, temiendo ser detectados en la calle o en el trabajo. Estaban los que se habían enfermado o deprimido por esta tensión constante, los que no dormían, los que engordaban... Otros, en cambio, lo sobrellevaban con más tranquilidad y creían que tarde o temprano iban a conseguir los papeles. Una diferencia que cambiaba completamente su posición y su visión del futuro.

Como periodista, sé que también has tocado este tema y otros de incidencia social. Recuerdo especialmente un artículo firmado en el diario PÁGINA/12, titulado «En sus zapatos. La vida de un lustrabotas alemán que recuperó su nacionalidad». Un artículo, por cierto, de lo más impactante. ¿Qué asuntos te preocupan fundamentalmente? ¿Hay alguno en especial que querrías llevar a la literatura?

«PERO NO TODOS LOS TEMAS INTERESANTES DESDE UN PUNTO DE VISTA PERIODÍSTICO SON TRASLADABLES A LA LITERATURA, Y EN PARTICULAR A LA LITERATURA INFANTIL O JUVENIL.»

La nota que mencionás hablaba de un caso muy particular: el de un alemán judío que vive en Argentina a quien el régimen nazi le quitó la nacionalidad y durante muchos años no tuvo ninguna: era apátrida. Es, sin duda, una historia apasionante, de esas que uno ansía siempre encontrar como periodista. Pero no todos los temas interesantes desde un punto de vista periodístico son trasladables a la literatura, y en particular a la literatura infantil o juvenil. En algunas ocasiones, sin embargo, los encontré de este modo: trabajando. Así sucedió con *El complot de Las Flores*, que habla sobre los pueblos que corren el riesgo de desaparecer por el descenso constante de su población.

Pasemos a otro asunto, a la confección del libro. Una vez escogido el tema, ¿cómo sueles funcionar? ¿Tienes una idea de cómo va a acabar antes de ponerte a escribirlo, o vas dejando que la historia se haga contigo?

En general parto teniendo algunos personajes y una idea general del conflicto. Y luego las cosas van surgiendo. Planifico muy poco. Creo que esta forma de trabajo tiene la ventaja de que uno está más abierto a todo tipo de ideas que despuntan en el camino y enriquecen el planteo inicial. Pero eso también tiene desventajas: a veces tomo un camino del que no sé cómo salir sin reescribir buena parte del libro. Y cuando estoy en ese atolladero me pregunto: ¿Por qué diablos me metí acá? En esas oportunidades me gustaría ser uno de esos escritores que planean todo antes de empezar y tienen prolijos esquemas de lo que sucederá en cada capítulo. Pero sé que nunca voy a serlo.

Me resulta muy interesante el planteamiento estructural del libro: en los distintos capítulos se van alternando la voz de la narradora y la de otro de los protagonistas, y entre ellos comentan cómo va progresando la historia. Este planteamiento metaliterario (los personajes hablando de la confección de la obra literaria) aporta una nueva dimensión al texto. ¿Qué pretendías con este planteamiento?

Tenía claro al empezar que de alguna manera quería que se reflejaran las diferentes miradas de los personajes sobre la cuestión de la inmigración. Pero tenía que elegir a alguno para narrar la historia y, por supuesto, opté por Ayelén, en cuya voz me sentía más cómoda. Cuando ya había empezado a escribir, surgió la idea de los diálogos con Sergio por fuera de la narración: eso, por un lado, me daba la posibilidad de incluir una mirada completamente externa a la de Ayelén. Y por otro, me permitía jugar con las variantes del castellano, un tema que me interesaba reflejar en la novela, ya que también forma parte de la realidad de los inmigrantes. Uno en cierta forma es como habla, y la manera en que cada persona se adapta (o no se adapta) a la nueva realidad lingüística también es una muestra de lo que le está pasando.

Esta estructura con más de un punto de vista es observable en otras de tus obras. En EL COMPLOT DE LAS FLORES, los capítulos tienen narradoras alternas, y en CAFÉ SOLO son las distintas perspectivas de cada uno de los narradores las que van liando y liando la historia. ¿Qué importancia le das a la perspectiva en tus historias? ¿Crees que esto tiene que ver con tu labor de periodista?

Es cierto que tiendo a buscar estructuras que se abran a distintos puntos de vista, aunque no es que me lo haya propuesto como un objetivo para todos mis libros. Sucede simplemente que, cuando encaro una historia, la narración puramente lineal suele resultarme aburrida o chata. Quizás, efectivamente, haya una influencia de mi formación periodística y de la idea de que las cosas no suelen ser exactamente lo que parecen en un primer vistazo. Creo que si uno las mira desde varios puntos de vista, se vuelven más interesantes y complejas.

Castellano o español. El problema de la denominación –que creo que es lo de menos– encubre otras problemáticas, como pueda ser la consideración del español de la Península como superior al del resto de la América hispanoparlante. De hecho, alguno de los personajes de esta novela habla sobre lo despectivo de ciertas actitudes ante un acento hispanoamericano y, sobre todo, las concesiones que alguno de los protagonistas hace en pro del español estándar –uso de «tú» en

lugar de «usted», por ejemplo– como forma de integración. ¿Qué opinas tú de todo esto? ¿Has notado esta realidad en tus visitas a España?

En verdad yo no percibí un prejuicio arraigado en España sobre los diferentes acentos. Por supuesto, siempre hay quien rechaza a otro por su modo de hablar, pero no creo que sea algo generalizado, y así intenté reflejarlo en la novela. La reacción de Ayelén cuando siente cuestionada su forma de hablar, por ejemplo, está más vinculada a su propia prevención que a otra cosa, ya que Sergio no la está criticando de verdad: a él le divierte su estilo. Lo cierto es que muchos inmigrantes terminan por adaptarse, al menos parcialmente, al habla local, porque resulta muy agotador estar «traduciendo» o explicando constantemente lo que uno quiere decir a gente que no siempre está del todo abierta a entender.

Evidentemente, aquí toca pedirte que nos expliques la elección del título de esta novela.

El título fue difícil de encontrar y durante bastante tiempo barajamos posibilidades vía *e-mail* con los editores. Cuando estaba ya desesperando, porque no aparecía nada que nos contentara a todos, hice una última relectura y vi, casi al final, una frase de Ayelén que me encendió la luz: «... cuando nos volvamos a encontrar va a ver que sigo siendo la misma, aunque ahora diga fresas con nata en vez de frutillas con crema y cada tanto se me escape un vale». Me pareció que *Aunque diga fresas* era un título sugerente y al mismo tiempo condensaba parte de los temas que se tocan en la novela, como la identidad, la integración y el habla. Ayelén defiende al principio su forma de hablar como parte esencial de su identidad, pero termina pensando que no dejará de ser ella aunque se adapte un poco. Aunque diga fresas en vez de frutillas.

La ciudad donde se desarrolla la historia es Madrid. Pero es un Madrid apenas esbozado, donde podemos ver metro, autobuses, la casa sin ascensor de Claudio, el instituto, una pared con pintadas y poco más. Ni un nombre de calle, ni –salvo el Retiro– un lugar claramente identificable.

Es curioso, porque durante mi estadía en Madrid me la pasé recorriendo lugares y anotando nombres de calles y de otros sitios para luego poder ubicarme, pero al final no mencioné casi ninguno. En parte creo que fue porque lo importante era lo que sucedía en el interior de cada personaje o en la relación entre ellos y no en el afuera. Pero también porque no me atrae demasiado volcarme a describir detalles del escenario a menos que sean relevantes para la trama.

Otro de los factores que me han parecido llamativos tanto en esta obra como en otras tuyas es el predominio de la voz femenina en la narración. En AUNQUE DIGA FRESAS es Ayelén; en EL COMPLOT DE LAS FLORES, Ángeles y Mara; en CAFÉ SOLO, la dueña del quiosco de prensa... ¿Eres consciente de esa voz femenina? ¿Cambia eso en algo la historia? En fin, lo que «veladamente» te estoy preguntando es qué piensas sobre la función del sexo del autor en la literatura, si ves diferencias entre la literatura de hombres y de mujeres, o para hombres y para mujeres, o con personajes hombres o mujeres, o con narradores de uno u otro sexo...

Es cierto que tiendo a adoptar mujeres como narradoras. Supongo que es natural sentirse más a gusto con una primera persona del propio sexo. Sin embargo, escribí un par de libros con narradores masculinos (uno de ellos es *El hombre que quería recordar*), aunque en ambos casos se trata de historias menos «intimistas» donde tal vez no me sentía tan comprometida con esa voz. De todas formas, me parece un desafío interesante para un escritor poder meterse en el interior de un personaje del sexo opuesto y resultar creíble. No me gusta la idea de una literatura juvenil «para chicas», que busque un tipo de complicidad femenina. Pienso, en cambio, en intentar una voz que resulte auténtica a oídos de ambos sexos, ya sea femenina o masculina.

En los personajes de tus obras, la relación que se establece entre los protagonistas es fundamentalmente de amistad y, de haber enamoramiento, la historia de amor nunca pasa a un primer plano. ¿Es este un propósito consciente, el de no robar protagonismo al tema principal de la obra con una historia de amor paralela?

No, no es un propósito consciente, pero creo que mi interés principal habitualmente está en otro lado. Y si bien es cierto que no suelo enfocarme en una historia puramente de amor, el amor está casi siempre presente en la trama: forma parte de la vida de unos personajes que andan metidos en muy diversos asuntos.

En relación con el tema de la escritura, se me ocurren unas cuantas preguntas que, como lectora tuya, me suscitan curiosidad. Las disparo todas juntas, y me las respondes como quieras:

- **¿Cómo empezaste a escribir?**
- **¿Cómo influye tu labor de traductora/periodista en tu obra literaria?**
- **¿Cómo escribes? ¿Eres metódica y te dedicas a ello, digamos, dos horas al día, o escribes a tirones, o por las noches...?**
- **¿Tienes alguna manía mientras escribes? No sé, ¿utilizar papel de un color determinado, escribir a ciertas horas, hacerlo con música, llenar la casa de tazas de café a medio beber...?**
- **¿Qué necesitas para empezar una historia?**
- **¿Y cuándo sabes que un libro está terminado? ¿Qué sensación te produce el decir: «Ya está»?**

Empecé a escribir de chica, sin ningún objetivo particular. Simplemente, algún cuento de tanto en tanto. Luego, al final de la adolescencia, tuve una época de concurrir a talleres literarios, pero no pasó de ahí. En los años siguientes me volqué al periodismo y dejé de escribir ficción por completo. Recién cuando mi hija tenía cinco o seis años, volví al tema y me puse a escribir cuentos para ella: esos fueron mis comienzos en esta área. Pero pasó aún un buen tiempo hasta que decidí tomármelo con alguna seriedad.

Creo que ser periodista ha influido de dos maneras distintas: por un lado, como ya veníamos hablando, en la forma de mirar la realidad y de encontrar temas que pueden ser aprovechados en la ficción. Por otro, como herramienta de investigación: antes de empezar un libro (y, obviamente, si el tema lo necesita), suelo juntar información a través de lecturas, Internet y a menudo entrevistas a gente que puede tener experiencias similares o interesantes para ayudarme a darle cuerpo a los personajes.

¿Manías? No muchas: una habitación en silencio y un café cada tanto, por lo cual mi teclado suele exhibir unas antiestéticas manchas oscuras. Para empezar una historia necesito algún personaje definido y una idea que, aunque no esté muy acabada, prometa: con eso puedo arrancar. Pero terminar, eso sí que es difícil. Mi sensación es que un libro se puede corregir indefinidamente. De modo que o bien alguien me arranca el texto, o bien lo suelto por puro hartazgo, cuando ya no soporto seguir corrigiendo.

La literatura juvenil es a menudo la gran desconocida y, sin embargo, la que goza de mejor salud en muchos casos. ¿Qué características crees que determinan este tipo de literatura frente a la llamada «literatura para adultos»?

Creo que los límites son sutiles. Los protagonistas suelen ser niños o jóvenes, se busca una trama ágil, quizás hay mayores dosis de humor y de aventura, pero no hay muchas más características comunes: la variedad es inmensa. En lo personal, busco una mirada cómplice a la del lector imaginado, ese preadolescente o adolescente que quiere que el libro de alguna manera le hable a él.

Un par de preguntas obligadas. Como lectora, ¿quiénes son tus autores de mesilla? ¿Hay algún escritor en concreto con quien te sientas en deuda?

No soy muy dada a las listas de escritores admirados o influyentes: uno suele olvidar los más importantes y resaltar los que no son tanto. Además, tiendo a enamorarme de diferentes autores según las épocas de mi vida. De modo que solo mencionaré algunas lecturas que me resultaron interesantes en el último tiempo. *Arthur y George*, una novela de Julian Barnes: el «Arthur» del título es Conan Doyle, el creador de Sherlock Holmes, y el libro cuenta con muy buena mano un episodio real de su vida. *El leopardo al sol*, de Laura Restrepo (o cualquier otro libro de esta excelente escritora colombiana). Y una novela muy interesante que puede ser leída por adultos y adolescentes: *El extraño incidente del perro a medianoche*, del norteamericano Mark Haddon. Un hallazgo en cuanto al punto de vista, ya que el narrador es un chico autista.

En 2003 ganas el premio EL BARCO DE VAPOR con tu libro EL COMPLOT DE LAS FLORES. ¿Cómo afecta este premio a tu persona, a tu labor de creación, a tu proyección como escritora?

Para mí fue muy importante porque cambió completamente mi perspectiva. Si bien ya había publicado un libro en ese momento, yo me veía a mí misma como una periodista *full time* que cuando tenía tiempo escribía alguna cosa. Un premio abre muchas puertas, y a mí me dio la oportunidad de optar por un cambio y volcarme a la literatura. Quizás podría haberlo hecho antes, pero me faltaba decisión. Eso fue lo que me dio el premio: la sensación de que pisaba tierra firme y podía avanzar.

Y ya, para terminar, se me ocurre una pregunta que retoma el principio de esta entrevista. ¿Cómo ves el futuro de Ayelén, de Sergio, de Fernando y de Claudio?

Creo que los libros terminan cuando terminan. Quiero decir, en general me resisto a proyectar la historia más allá del final, como suelen pedir los chicos en las escuelas que visito, siempre ansiosos de saber más: cada pequeño detalle en la vida futura de los personajes. Pero haciendo una excepción a esa regla, voy a decir que a Ayelén me la imagino yendo y viniendo el resto de su vida entre los dos países, con un pedazo del corazón en cada uno. Y quizás, aún con Sergio. Aunque nunca se sabe.

Mil gracias, Andrea. También nosotros seguiremos yendo y viniendo de tus historias a las nuestras. O así lo esperamos, según te vayan naciendo nuevas historias.

Entre libros y consejos, yo prefiero ofrecer libros.
Los dos pueden ser buenos o malos,
esenciales para la vida u olvidables por completo,
pero con un libro hay muchas más posibilidades
de pasar un buen rato que con un consejo.

ANDREA **FERRARI**

COMPAÑEROS DE VIAJE DE **AUNQUE DIGA FRESAS**

ALGUNOS DISCOS, PELÍCULAS, POEMAS O CUADROS PUEDEN ACOMPAÑAR A ESTE LIBRO EN SU LARGO VIAJE.

UN LIBRO
El príncipe y el mendigo

Hubo un libro que prácticamente saltó ante mis ojos mientras me preparaba para escribir *Aunque diga fresas*. Estaba pasando una temporada en Madrid, donde entre otras cosas me dedicaba a entrevistar a jóvenes inmigrantes de distintos países latinoamericanos con la idea de documentarme para la novela.

Me había quedado dando vueltas la frase que había dejado caer uno de ellos durante la charla ese mismo día: «Nadie se pone en el lugar de uno». Es que la gente, decía ese adolescente, no puede ni imaginarse lo que uno siente cuando llega a vivir a un país extraño, donde nadie te conoce ni te entiende.

Seguía pensando en la conversación mientras hojeaba un periódico. Entonces mis ojos se cruzaron con un pequeño aviso: ese día, el diario ofrecía una edición económica de *El príncipe y el mendigo*, de Mark Twain. Seguí de largo, pero algo me llamaba. Volví sobre el aviso: esa era, me di cuenta entonces, la historia de dos personas que se ponen literalmente en el lugar del otro. Y son lugares diametralmente opuestos. Salí de inmediato a comprar el libro y esa misma tarde volví a leerlo.

Es muy conocida esta historia de dos muchachos idénticos, uno pobre y otro rico, que durante un tiempo cambian lugares sin que nadie pueda reconocerlos. La posibilidad de traer esa situación a la actualidad parecía atractiva, aunque di muchas vueltas antes de encontrar cómo usarla. La salida fue la idea de la apuesta que funciona como arranque de la novela: un inmigrante y un español que un día deciden intercambiar sus vidas, ambos seguros de que soportarán el cambio mejor que su oponente.

UNAS ENTREVISTAS

Creo que mis verdaderos compañeros mientras escribía este libro fueron todos los entrevistados que escucharon con paciencia las innumerables preguntas que tenía para hacerles. Estoy muy agradecida con los argentinos Mateo, Francisco y Joanna, con los colombianos Luisa y Julián, y con los ecuatorianos Alfonso y Belén, así como con muchos otros adolescentes que me encontré cuando recorría escuelas.

UNA SERIE DE TELEVISIÓN
Vientos de agua

Hay una miniserie de televisión hispanoargentina que toca algunos de los mismos temas que este libro: *Vientos de agua*, de Juan José Campanella. Allí se narran paralelamente dos historias separadas por setenta años: la de un asturiano que en los años treinta deja su país para irse a la Argentina y la de su hijo argentino que, en medio de la crisis desatada en 2001, decide ir a probar suerte en España. La miniserie, filmada en ambos países, refleja bien el clima de incertidumbre, las angustias y añoranzas del que tiene que empezar su vida otra vez en una tierra ajena.

MÁS LIBROS
Stefano

Hay, por supuesto, muchos libros que tocan el tema de la inmigración, y recorrí las páginas de varios mientras escribía. Uno de ellos me resultó particularmente interesante porque toma la perspectiva de un adolescente: se trata de *Stefano*, de María Teresa Andruetto, que cuenta la historia de otras migraciones, las que iban de Europa a América. Stefano es un muchacho italiano que un día se sube a un barco que lo llevará a la Argentina.

UN ESCENARIO
Madrid

Como escenario, este libro transcurre en Madrid, lo cual significaba un desafío extra, ya que fue escrita en Buenos Aires. Aproveché mi estadía previa en España para recorrer Madrid todo lo que pude y tomar nota de ciertos lugares o caminos. No era tanto que quería mencionar calles o barrios, sino que necesitaba grabarlos en mi memoria para imaginar luego allí a los personajes. Mapas y guías fueron entonces también compañeros a la hora de escribir la novela.

UNA BANDA SONORA
Las voces de los protagonistas

Estuve pensando si hay alguna música que acompañe a *Aunque diga fresas* y no encontré ninguna. Eran otros los sonidos que rondaban mi cabeza mientras escribía el libro: las voces de los protagonistas. Quería que la novela incluyera de alguna forma las diferentes variantes del castellano habladas por españoles y extranjeros en Madrid. Por eso, mientras avanzaba, volví a escuchar en varias oportunidades los casetes donde había grabado las entrevistas realizadas en Madrid. Sus voces estaban ahí guardadas, con solo tocar la tecla *play*.